DIESES BUCH GEHÖRT:

Die drei ???

Die drei ???

und der lebende Tresor

erzählt von André Minninger

KOSMOS

Umschlagillustration von Andreas Ruch, Düsseldorf
Umschlaggestaltung von der Peter Schmidt Group, Hamburg,
auf der Grundlage der Gestaltung von Aiga Rasch (9. Juli 1941–24. Dezember 2009)

Unser gesamtes lieferbares Programm und viele
weitere Informationen zu unseren Büchern, Spielen,
Experimentierkästen, Aktivitäten, Autorinnen und
Autoren findest du unter **kosmos.de**

FSC
www.fsc.org
MIX
Papier | Fördert
gute Waldnutzung
FSC® C083411

Gedruckt auf Cradle to Cradle Certified™ Munken Papier

ISBN 978-3-440-18041-9
Redaktion und Lektorat: Anne Pagel
Produktion und Satz: DOPPELPUNKT, Stuttgart
Druck und Bindung: CPI books GmbH, Leck
Printed in Germany / Imprimé en Allemagne

Die drei ???

und der lebende Tresor

Erpressung

»Ihr müsst die drei Detektive sein!«

Mit forschen Schritten ging die junge Frau, die soeben das Gelände des *Gebrauchtwarencenters T. Jonas* betreten hatte, auf Justus Jonas, Peter Shaw und Bob Andrews zu und zog dabei aus der hinteren Tasche ihrer zerrissenen Designer-Jeans eine Visitenkarte hervor. Darauf stand in weißen Lettern geschrieben:

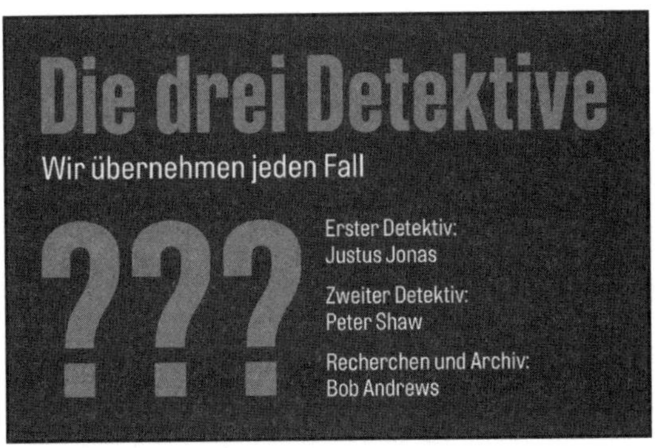

»Ihr seht genauso aus, wie ich mir euch vorgestellt habe!« Sie lächelte triumphierend, hielt dann aber, da die Jungs nicht gleich reagierten, irritiert inne. »Ihr ... seid es doch, oder?«

Bob, dem die Karte ebenso wie seinen beiden Freunden seit Jahren vertraut war, musste unweigerlich grinsen. »Guten Tag! Ihr Instinkt hat Sie nicht getäuscht, Miss. Oder sollte ich Mrs sagen?«

»Oha.« Die Augen der Frau begannen, aufgeregt zu glitzern. »Dann bin ich bei euch *mehr* als richtig! Denn das, was du gerade gesagt hast, lässt auf eine gute Zusammenarbeit hoffen!«

Justus horchte verwundert auf. »Wie dürfen wir das verstehen?«

»Zunächst einmal: Noch könnt ihr mich mit *Miss* anreden. Miss Apple. Lucy Apple«, entgegnete sie nun überraschend schroff und nestelte dabei nervös an der Visitenkarte herum. »Wobei in diesem Zusammenhang die Betonung auf *noch* der Hauptgrund ist, warum ich auf eure Dienste als Detektive angewiesen bin!«

»Na, dann lassen Sie mal die Infos raus«, drängte Peter, während er die Frau unauffällig musterte. Er schätzte sie auf Mitte dreißig. Ihre blonden schulterlangen Haare hatte sie zu einem Zopf gebunden. Der Pony verdeckte ihre Augenbrauen. Dazu trug sie eine weiße Bluse mit Perlenkette, einen marineblauen Faltenrock und beige Halbschuhe ohne Socken, was ihm, nach seinem persönlichen Geschmack, ein wenig zu bieder erschien. Aber vielleicht, so dachte er, handelte es sich dabei ja nicht um ihre Freizeit-, sondern ihre Arbeitskleidung.

»Es geht um meinen Freund«, kam Miss Apple Peters Aufforderung nach, wobei ihr die Verzweiflung deutlich anzumerken war. »Ronald und ich sind seit zwei Jahren zusammen und haben eigentlich vor, noch in diesem Sommer zu heiraten.«

»Aha, deshalb also Ihre kryptische Bemerkung auf Bobs Frage, ob wir Sie mit *Miss* oder *Mrs* ansprechen sollen«, schlussfolgerte Justus. »Steht Ihrer geplanten Heirat denn etwas im Wege, weshalb Sie nun unsere Dienste in Anspruch nehmen wollen?«

»Moment mal …«, blieb Miss Apple der Mund offen stehen. »Kannst du etwa Gedanken lesen? Nach allem, was ich im Vorfeld über eure außergewöhnlichen Fähigkeiten in Erfahrung bringen konnte, würde mich selbst *das* nicht wundern.«

»Keine Sorge«, winkte Justus geschmeichelt ab. »Wenn wir *diese* Gabe besäßen, hätte uns sicherlich längst die CIA als Mitarbeiter angeworben. Ich habe aus Ihren Äußerungen lediglich meine detektivischen Schlussfolgerungen gezogen. Und Ihrer Reaktion nach zu urteilen habe ich damit offenbar ins Schwarze getroffen.«

»Ich verstehe … oder auch nicht.« Misstrauisch ließ Miss Apple ihre Blicke über das Gelände des Gebrauchtwarencenters schweifen, so als ob sie sich vergewissern wollte, dass sich in unmittelbarer Umgebung keine unerwünschten Mithörer aufhielten. Dem war allem Anschein nach nicht so. Dennoch senkte sie ihre Stimme. »Um es in kurzen Sätzen zu umreißen: Bis vor einigen Tagen genoss Ronald mein uneingeschränktes Vertrauen. Das konnte ich bislang von keinem der anderen

Männer behaupten, mit denen ich zuvor Erfahrungen gemacht habe. Doch mit Ronald war von Anfang an alles anders: Seine offene Art, sein Einfühlungsvermögen und vor allem die Tatsache, dass wir wirklich über *alles* miteinander sprechen konnten, gaben mir die Gewissheit, in ihm den Mann meines Lebens gefunden zu haben.«

»Und warum ist das nun plötzlich nicht mehr der Fall?«, fragte Peter interessiert.

»Weil ich nicht blöd bin!«, entgegnete sie schroff und war sich mit dieser Bemerkung anscheinend sicher, alles erklärt zu haben. Doch die irritierten Gesichter der drei Detektive machten ihr recht deutlich, dass sie sich geirrt hatte. »Versteht ihr denn immer noch nicht, was ich meine?«

»Nun ja …«, entgegnete Bob zögernd. »Ich kann mir schon denken, weshalb Sie auf Peters Frage so impulsiv reagiert haben. Aber es wäre mir lieber, wenn *Sie* uns den Grund dafür nennen würden.«

Miss Apple atmete tief durch und schien sichtlich darum bemüht, wieder einen Gang herunterzuschalten. »Entschuldigt mein aufbrausendes Temperament. Ich … erkenne mich ja selbst kaum wieder. Aber … ich befinde mich gerade in einer völlig verzweifelten Lage. Ich brauche dringend eure Hilfe!«

»Also gut, Miss«, nahm Justus ihre Einsicht wohlwollend zur Kenntnis und lächelte versöhnlich. »Worum geht es denn *genau*?«

»Seit einigen Tagen verhält sich Ronald mir gegenüber plötzlich wie ausgewechselt. Und das nicht im positiven Sinne.

Ich erkenne auch ihn kaum wieder.« Nervös zupfte sie an ihrer Perlenkette.

»Aha«, entgegnete Peter trocken. »Und wodurch äußert sich das?«

»Durch zig Kleinigkeiten.« Ohne eine weitere Reaktion der drei Jungen abzuwarten, brach es aus ihr wie aus einem Hochdruckkessel heraus. »Das erste Anzeichen für mich war, dass Ronald sein Handy auf stumm geschaltet und dazu auch noch den Vibrationsmodus deaktiviert hatte. Den Grund dafür nannte er mir zwar, aber auch nur, weil er einen Anruf erhielt, während sein Handy vor uns beiden auf dem Küchentisch lag und er meinen fragenden Gesichtsausdruck bemerkte. Das habe er nur getan, weil seine Mutter ihn neuerdings ständig anrufen und ihm gehörig auf den Zeiger gehen würde, lautete dazu seine lapidare Erklärung.«

Bob zog die Stirn in Falten. »Und das haben Sie ihm nicht geglaubt?«

»Nicht so voreilig, junger Mann! Zunächst habe ich ihm diese Ausrede ja noch blindlings abgekauft. Das lag zum einen daran, dass ich Ronalds Mutter gut kenne. Die kann einem mit ihrem endlosen Geplapper tatsächlich gehörig auf den Zeiger gehen. Und zum anderen handelte es sich bei dem besagten Anruf auch um ihre Telefonnummer, die auf seinem Handydisplay zu sehen war. Vorerst also kein Grund zu zweifeln. Doch dann kamen weitere Vorfälle hinzu, die nach und nach meinen Verdacht erhärteten, dass Ronald etwas vor mir verheimlicht. Es folgten noch weitere Telefonate, die er urplötzlich abbrach, als ich einige Male früher als erwartet von der Arbeit nach Hause kam. Und dann wollte er mir gestern Abend noch weismachen, dass er sich in seinem Fitnessclub völlig verausgabt habe, obwohl dieser Schuppen, wie ich von meiner Arbeitskollegin zufällig erfahren habe, aufgrund von Sanierungsarbeiten bis einschließlich nächster Woche geschlossen hat.«

Bob räusperte sich. »Ich muss zugeben, Miss, dass ich Ihr Misstrauen Ronald gegenüber durchaus nachvollziehen kann. Da liegt vermutlich tatsächlich etwas im Argen.«

»Im Argen?« Augenblicklich nahm Miss Apples Gesicht eine rötliche Färbung an. »Diese verharmlosende Umschreibung ist schlichtweg inakzeptabel!«

»Moment mal«, trat Peter einen Schritt auf Miss Apple zu. »Statt Ihren Unmut an *uns* auszulassen, wäre es wohl ratsamer, die ganze Angelegenheit direkt mit Ihrem Partner zu klären. Haben Sie *daran* vielleicht schon mal gedacht?«

»Bitte? Na, das ist ja ein ganz toller Vorschlag!« Sie stieß einen verächtlichen Laut aus. »Ich habe schon alles Erdenkliche unternommen und Ronald quasi auf Knien darum gebeten, mir den Grund seines verstörenden Verhaltens zu nennen. Aber er streitet alles ab und behauptet, dass ich mich in irgendetwas hineinsteigern würde, was gar nicht da sei!«

»Oha, da scheint die Idylle ja einen gehörigen Knacks bekommen zu haben«, dachte Bob laut.

»Du sagst es! Apropos *nicht vorhanden*: Ronald schienen meine Gefühlsausbrüche gehörig aus dem Konzept zu bringen, weshalb er plötzlich ziemlich abrupt das Thema wechselte und sich völlig aus dem Zusammenhang gerissen bei mir nach seiner Sporttasche erkundigte.«

»Nach seiner Sporttasche?«, horchte Justus auf. » Inwiefern?«

Miss Apple lachte kurz auf. »Ein plumpes Ablenkungsmanöver! Angeblich sei diese Tasche mitsamt seinem Trainingsanzug seit zwei Tagen nicht mehr auffindbar, wofür er unverschämterweise *mich* verantwortlich machte, was natürlich völlig absurd ist. Ich bin gar nicht weiter darauf eingegangen. Wie auch immer: Ihr müsst Ronald beschatten und herausfinden, mit wem er sich hinter meinem Rücken trifft. Es würde mir bereits genügen, wenn ihr ihren Namen und ihre Adresse herausfindet. Alles andere nehme *ich* dann selbst in die Hand.«

»Dann habe ich mit meiner unausgesprochenen Vermutung wohl *doch* richtiggelegen«, fühlte Bob sich nun vollends bestätigt. »Sie gehen davon aus, dass Ihr zukünftiger Gatte ein heimliches Verhältnis mit einer anderen Frau hat, richtig?«

Miss Apple nickte. »Dessen bin ich mir absolut sicher; zumindest zu 99,9 Prozent. Spürt sie auf, Jungs, und liefert mir die Beweise! Vorher habe ich keine ruhige Minute mehr.«

Justus zupfte nachdenklich an seiner Unterlippe, doch dann schüttelte er entschieden den Kopf. »Es tut mir leid, Miss, sosehr ich Ihren Zorn auch nachvollziehen kann. Für derartige Fälle ist unser Unternehmen die vollkommen falsche Adresse. Das Aufdecken heimlicher Liebesbeziehungen ist schlichtweg nicht unser Metier. Ich muss Sie daher bitten, sich an eine andere Detektei zu wenden, die explizit auf *solche* Fälle spezialisiert ist.«

»Wie darf ich das denn verstehen?«, hinterfragte sie mit einem süffisanten Unterton, der deutlich machte, dass sie Justus' Abfuhr sehr wohl verstanden hatte, diese jedoch nicht akzeptieren wollte.

»Mein Kollege hat es Ihnen soeben doch deutlich erläutert«, unternahm Bob den Versuch, ihr den Grund für Justus' Entscheidung noch näher zu erklären. »Uns fehlt bei Weitem auch die Erfahrung, uns auf die Spur von untreuen …«

»Spar dir deine tröstenden Ausflüchte!«, fiel sie ihm harsch ins Wort. »Wenn ich im Vorfeld gewusst hätte, dass es sich bei eurem Detektivunternehmen um reinen Etikettenschwindel handelt, wäre ich gar nicht erst hier aufgetaucht.«

»Etikettenschwindel?«, glaubte Peter, sich verhört zu haben. »Wie kommen Sie denn auf *diese* abstruse Behauptung?«

Mit triumphierender Geste wies Miss Apple auf die Visitenkarte, die sie seit ihrem Auftauchen auf dem Schrottplatz in der Hand behalten hatte, und genoss dabei sichtlich die ihr von den drei Detektiven entgegengebrachte Aufmerksamkeit.

»Hier steht es deutlich geschrieben: Wir übernehmen jeden Fall. *Jeden* Fall! Was ebenso bedeutet: ohne Ausnahme.« Sie bedachte die Jungs mit einem überlegenen Blick. »Ihr seid euch wohl nicht im Klaren darüber, wie verbindlich solche schriftlichen Aussagen in unserem Land sind. Wenn es jemand darauf anlegen sollte, müsstet ihr bei Nichtübernahme eines Falles mit einer saftigen Geldstrafe rechnen. Oder wohl eher eure Eltern, denn ihr seid ja vermutlich noch nicht volljährig. Es sei denn …«

Der Zweite Detektiv verspürte einen unbändigen Zorn in sich aufsteigen. »Es sei denn … *was?*«

»Ihr besinnt euch eines Besseren und übernehmt meinen Auftrag.«

»Sagen Sie mal, geht's noch?«, platzte Peter nun endgültig der Kragen. »Das, was Sie da gerade so unverfroren von sich gegeben haben, ist übelste Erpressung!«

Der lebende Tresor

»Erpressung?« Miss Apple wich entsetzt einen Schritt zurück und setzte eine Unschuldsmiene auf. »Entschuldigt bitte, aber da habt ihr mich jetzt vollkommen missverstanden.«

»Ach ja?«, erwiderte Peter gereizt. »Wie lautet denn *Ihre* Interpretation dieser *mehr* als dreisten Anschuldigung, wir würden Etikettenschwindel betreiben?«

Miss Apple blickte die drei Detektive entgeistert an. »Zitiert mich bitte richtig! Ich habe lediglich geäußert, ›Wenn es *jemand* darauf anlegen sollte, *euch großen Ärger zu bescheren*‹ – und damit meinte ich keineswegs mich selbst, sondern eine *fiktive* Person, die unter gegebenen Umständen nicht so großzügig über euren unbedachten Fauxpas auf eurer Visitenkarte hinwegsehen könnte wie ich. Daher solltet ihr mir für den gut gemeinten Hinweis eher dankbar sein, anstatt mich der Erpressung zu bezichtigen.«

»Ach nee, jetzt rudern Sie wohl schnell zurück, wie?«, war Peter keineswegs bereit, klein beizugeben.

»Nun hör schon auf, herumzuzetern, Zweiter«, ging Bob beschwichtigend dazwischen. »Rein sachlich betrachtet muss ich Ihnen sogar zustimmen, Miss. Unser Firmenmotto *Wir übernehmen jeden Fall* ist in der Tat nicht ganz korrekt. Denn streng genommen müsste in Klammern noch dahinter stehen: *der uns interessant erscheint.*«

»Chapeau! Du hast es erfasst!«, rief Miss Apple mit Genugtuung und wagte sogleich einen neuen Versuch, die Jungen umzustimmen. »Ich bitte euch, den Auftrag nicht abzulehnen. Selbst wenn er euch im Vorfeld etwas pikant erscheinen mag, besteht ja, wie bereits erwähnt, zumindest noch zu 0,1 Prozent die Chance, dass hinter meinem Verdacht etwas weitaus Gewichtigeres stecken könnte als eine Affäre.«

»Oha, nun so plötzlich *doch*?«, entgegnete Bob überrascht. »Was kämen denn für andere Möglichkeiten in Betracht?«

»Ganz ehrlich …?« Miss Apple schien kurz zu überlegen. Dann schüttelte sie resigniert den Kopf. »Ich weiß es nicht. Aber eine innere Stimme sagt mir, dass ich mir unbedingt Klarheit verschaffen muss. Ronalds seltsames Verhalten beunruhigt mich sehr.« Plötzlich sah sie den drei Detektiven verängstigt ins Gesicht und senkte die Stimme zu einem Flüstern. »Ich muss euch etwas gestehen … Ich fürchte mich … vor meinem eigenen Instinkt.«

Justus stutzte. »Wie meinen Sie das?«

»Der Verdacht, dass Ronald mich mit einer anderen Frau betrügt, ist womöglich nur eine Schutzbehauptung, die ich mir selbst einzureden versuche …«

»Eine Schutzbehauptung?«, fragte Bob interessiert. »Wieso denn das?«

»Weil mir mein Gefühl sagt, dass sich Ronald in eine kriminelle Sache manövriert hat, die er selbst nicht mehr im Griff zu haben scheint …«

Justus spürte in seinem Nacken ein undefinierbares Kribbeln aufsteigen. »Können Sie uns das näher erläutern?«

»Ach, hören Sie doch auf, Miss!«, winkte Peter genervt ab, als wollte er eine aufdringliche Fliege verscheuchen. »*Diese* Variante ziehen Sie doch vermutlich jetzt nur aus dem Hut, um uns umzustimmen. Wenn sie der Wahrheit entsprechen würde, hätten Sie uns doch gleich damit kommen können, anstatt uns erst im Nachhinein Ihren Plan B aufzutischen.«

Noch ehe Miss Apple etwas auf Peters wenig charmante Äußerung erwidern konnte, boxte Justus dem Zweiten Detektiv unauffällig in die Seite und versuchte, das Gespräch wieder auf eine sachliche Ebene zu bringen. »Ich kann ja verstehen, Zweiter, dass dir Miss Apples Vorwurf mit dem Etikettenschwindel sauer aufstößt, aber dieses Missverständnis ist doch nun geklärt.« Dann wandte er sich wieder Miss Apple zu. »Was sich mir wiederum noch nicht genau erschließt, ist, wie Sie das eben mit Ihrer Furcht vor dem eigenen Instinkt und der Schutzbehauptung gemeint haben.«

»Wenn das nur so einfach wäre …«, zögerte Miss Apple, wobei sie Peter einen kurzen Blick zuwarf, der ihm deutlich signalisierte, dass sie ihm sein Misstrauen nicht sonderlich übel nahm. Sie seufzte schwer. »Als die Vorfälle mit Ronalds seltsamem Verhalten sich häuften, begannen meine inneren Glocken natürlich, Alarm zu schlagen. Schließlich waren mir diese typischen Verhaltensmuster aus meinen vorigen Beziehungen nur allzu vertraut. Es lief immer nach dem gleichen Schema ab: Erst himmelhoch jauchzend – und dann zu Tode betrübt. Und jedes Mal steckte eine andere Frau dahinter.« Verbittert rang sie nach Luft. »Wie gesagt: Diesbezüglich stellte ich Ronald zur Rede, doch er wies alle Schuld von sich, was in mir zunächst den Impuls hervorrief, mich umgehend von ihm zu trennen.«

»Aber das taten Sie nicht«, resümierte Bob. »Was genau hat Sie davon abgehalten?«

»Das habe ich euch doch bereits gesagt.« Miss Apple musste unwillkürlich schlucken. »Aus mir völlig unerfindlichen Gründen fuhr ich vor zwei Nächten schlagartig aus dem Schlaf hoch und hatte plötzlich die Eingebung, dass Ronald in ein Verbrechen übelsten Ausmaßes verwickelt sein muss.«

Justus runzelte die Stirn. »Welche Hinweise gab es denn für diesen Verdacht?«

»Gerade das ist es ja, was mich so aus der Fassung bringt.« Sie wischte sich über die schweißnasse Stirn. »Ich habe für diese Eingebung nicht die geringste Erklärung. Aber sie manifestierte sich so tief in meinem Kopf, dass ich seit dieser Nacht an nichts anderes mehr denken kann. Mein Instinkt täuscht mich nicht.«

Bob stutzte. »Wie meinen Sie das?«

»Seht mal: Als ich vorhin auf euch zukam und bemerkte,

dass es sich bei euch um die drei Detektive handeln müsse, hast du wörtlich geantwortet: *Da hat Sie Ihr Instinkt nicht getäuscht.* Eine Erfahrung, die ich immer wieder mache. Und daher befürchte ich, dass ich auch dieses Mal mit meinem Gefühl richtigliege.«

»Das kann ich allerdings so einfach nicht stehen lassen«, gab Justus zu bedenken. »Es muss doch zumindest *einen* greifbaren Hinweis dafür geben, der Sie an eine kriminelle Machenschaft Ihres Freundes glauben lässt. Bisher sind das doch nur alles vage Vermutungen, oder? Wenn ich mir diese Bemerkung erlauben darf …«

Miss Apple schüttelte missbilligend den Kopf. »Du wirst deine Meinung ändern, sobald du Ronald persönlich gegenüberstehst und ihn in ein Gespräch verwickelst, bei dem er dir Rede und Antwort stehen soll. Selbst auf die belanglosesten Fragen hin wird er verunsichert ins Schwimmen geraten und dich misstrauisch beäugen. Doch eins gebe ich euch schriftlich: An dem *lebenden Tresor* werdet ihr euch, ebenso wie ich, die Zähne ausbeißen.«

»Ein lebender Tresor?« Peter bekam eine Gänsehaut. »Wie meinen Sie das?«

»Als ich von der Arbeit nach Hause kam, stand er plötzlich im Wohnzimmer und starrte mich mit finsteren Augen an«, berichtete Miss Apple mit unheilvoller Stimme. »Draußen hatte bereits die Dämmerung eingesetzt, und in dem Raum waren die Lampen nicht eingeschaltet, weshalb ich nicht gleich alles deutlich erkennen konnte. Doch noch ehe ich dazu kam, auf den Lichtschalter zu drücken, setzte sich das mannshohe Etwas in Bewegung und kam mit langsamen Schritten wie ein Roboter auf mich zu … Vor Entsetzen war ich so gelähmt, dass ich noch nicht mal in der Lage war, laut zu schreien.«

Die drei Detektive sahen sich entgeistert an.

»Ich konnte es ja selbst nicht glauben«, fuhr sie ergriffen fort. »Dann blieb das Teil plötzlich stehen, nur etwa einen Meter vor mir, deutete mit seiner Hand auf das kreisrunde Zahlenschloss, das sich im Zentrum seines Körpers befand, und drohte mit düsterer Stimme: Mein Geheimnis wirst du *nie* ergründen, Lucy. Denn alles, was du herauszufinden versuchst, befindet sich im *Inneren* des Tresors, dessen Zugangscode du niemals entschlüsseln wirst …«

»Einen Moment, Miss«, ging Justus dazwischen, um sich Gewissheit zu verschaffen. »Gehe ich recht in der Annahme, dass es sich bei dem, was Sie uns da gerade so plastisch schildern, um einen Traum handelt, den Sie vor einigen Tagen hatten?«

Miss Apple blickte irritiert auf. »Na, selbstverständlich! Alles andere wäre ja wohl vollkommen hirnrissig. Habe ich das denn nicht erwähnt?«

Peter atmete erleichtert auf und schüttelte den Kopf. »Im Eifer des Gefechts haben Sie das versäumt, ganz sicher.«

»Da könnt ihr mal sehen, wie sehr mich die ganze Geschichte aufwühlt …« Miss Apple fasste sich verstört an die Stirn. »Als ich versuchte, dieses intensive, beinahe schon surrealistische Traumerlebnis zu verarbeiten, ist mir natürlich schnell klar geworden, dass es aus Versatzstücken bestand, die mich derzeit auch im Wachzustand beschäftigen. Zumal Ronald auch *tatsächlich* ein schwarzes T-Shirt besitzt, auf dem das runde Zahlenschloss eines Tresors abgebildet ist. Er trägt es sogar ziemlich häufig. Und die Stimme, mit der der Tresor im Traum zu mir sprach, war eindeutig die von Ronald.«

Erneut begann der Erste Detektiv seine Unterlippe zu kneten. »Langsam beginne ich nun doch, mich für Ihren Auftrag zu interessieren, Miss. Zumal mir die Metapher Ihres Traums veranschaulicht, wie Ihr Unterbewusstsein im Traum Ihre *realen* Erlebnisse interpretiert. Allein schon *deshalb* würde es mich reizen, Ihrem Freund einmal persönlich gegenüberzutreten. Zunächst jedoch nur, um mir ein eigenes Urteil über Ronald bilden zu können.« Justus sah zu seinen Freunden. »Was sagt ihr dazu, Kollegen?«

»Ich würde mich dir anschließen, Erster«, ließ Bob verlauten.

Doch der Zweite Detektiv zögerte. »Ich habe noch einige Vorbehalte. Darum schlage ich vor, Miss Apples Auftrag mit einer Zusatzklausel zu versehen.«

»Wie darf ich das denn verstehen?«, fragte sie aufgebracht.

Schwerer Fehler

Auch Justus konnte sich keinen Reim darauf machen, was Peter mit der Zusatzklausel zum Ausdruck bringen wollte. Er war schließlich der Chef des Detektivunternehmens und es von daher gewohnt, alles unter Kontrolle zu behalten.

»Also dann, ich höre!«, stellte Miss Apple Peter ungeduldig zur Rede. »Mit welchem Haken muss ich denn rechnen?«

Der Zweite Detektiv ließ sich nicht lange bitten, wandte sich dabei aber gezielt seinen beiden Freunden zu. »Ich schlage folgende Vereinbarung vor: Wir übernehmen vorerst den Fall und fühlen diesem sogenannten *lebenden Tresor* auf den Zahn. Sollte sich dann im Laufe unserer Ermittlungen herausstellen, dass hinter Ronalds seltsamem Verhalten *doch* eine heimliche Geliebte steckt, sind wir sofort raus aus der Sache. Und zwar *ohne* Ihnen deren Namen oder die Adresse zu nennen.«

Miss Apple nickte zustimmend. »Wenn es nur das ist, stimme ich dieser Sonderklausel vorbehaltlos zu. Ihr werdet schon bald feststellen, dass auf meinen Instinkt Verlass ist; dessen bin ich mir vollkommen sicher.«

»Einverstanden«, willigte Justus ein.

Erleichtert atmete Lucy Apple auf. »Zumindest schon mal eine gute Nachricht heute. Ich sollte euch jedoch noch vorwarnen, bevor ihr euch, was Ronald betrifft, eine Strategie zurechtlegt, denn Ronald lässt sich nicht so leicht hinters Licht führen.«

»Keine Sorge, Miss Apple, wir werden mit größter Raffinesse an die Sache herangehen«, entgegnete Justus selbstbewusst.

Nachdem sich Miss Apple von den Jungs verabschiedet und das Gelände verlassen hatte, zogen sich die drei Detektive zur Beratung in ihre Zentrale zurück. Diese befand sich in einem alten Campingwagen, der versteckt unter einem riesigen Haufen Gerümpel auf dem Gelände des Gebrauchtwarencenters T. Jonas stand, das Justus' Onkel Titus und seine Tante Mathilda betrieben. Dieser Wohnwagen beherbergte alles, was für die Ermittlungen des erfolgreichen Trios von Nutzen war: vom Telefon und Computer über gemütliche Sessel und einen Kühlschrank bis hin zum kompletten Aktenarchiv all ihrer bisher gelösten Fälle.

Bob setzte sich an den Schreibtisch, während Peter sich im Schneidersitz auf dem Boden niederließ.

Justus nahm auf dem Sessel Platz und deutete zu dem kleinen Digitalwecker im Regal. »Da wir Miss Apple zugesagt haben, bereits in zwei Stunden bei Ronald auf der Matte zu stehen, bleibt für unsere Ermittlungen vorab nicht mehr viel Zeit.«

»Was wiederum heißen soll?«, fragte Peter ungeduldig.

»Allem voran gilt, dass uns bei den anstehenden Recherchen nicht der kleinste Fehler unterlaufen darf«, hob Justus warnend hervor. »Denn falls der *lebende Tresor* tatsächlich so clever sein sollte, wie unsere Klientin behauptet, könnte schon die geringste Unachtsamkeit ein gefährliches Nachspiel haben.«

Bob stutzte. »Etwa für uns, Erster?«

Justus schüttelte entschieden den Kopf. »Nein.« Er machte eine kurze Pause. »Aber womöglich für Miss Apple.«

Der Bungalow, den Miss Apple gemeinsam mit ihrem Freund bewohnte, befand sich in Santa Monica. Für die Fahrt dorthin benötigten sie knapp 25 Minuten. Aus taktischen Gründen hatte sich jeder von ihnen einen Jogginganzug angezogen. Justus in Rot, Peter in Schwarz und Bob in Blau.

Kurz vor ihrem Ziel parkte Peter das Fahrzeug in einer Nebenstraße. Den Rest der Strecke legten sie zu Fuß zurück.

Das Grundstück war frei zugänglich. Weder ein Zaun noch eine Hecke schützte die Bewohner vor neugierigen Blicken von außen. Die Abgrenzung zum Gehweg wurde lediglich durch eine schmale Rasenfläche angedeutet. Daneben stand vor einem geschlossenen Garagentor ein grauer Buick.

Nachdem sich die Jungs der Haustür genähert hatten, warf Justus einen kurzen Blick auf das Namensschild unterhalb des Klingelknopfs.

»Wir sind an der richtigen Adresse: L. Apple und R. Fletcher«, raunte er seinen Kollegen leise zu. Dann klingelte er.

Peter befiel ein mulmiges Gefühl. Aus dem Inneren des Bungalows waren nahende Schritte zu hören. Jetzt gab es kein Zurück mehr, denn schon wurde die Tür geöffnet. In deren Rahmen stand ein wahrer Hüne von Mann: breite Schultern, muskulöse Oberarme, und von seiner Statur her um *mehr* als einen Kopf größer als die drei Detektive. Das T-Shirt, das seinen Torso eng umspannte, signalisierte dem Trio sogleich, wer ihnen gegenüberstand. Selbst auf die größte Entfernung hin wäre auf dem tiefschwarzen Stoff der golden glänzende Aufdruck des kreisrunden Zahlenschlosses nicht zu übersehen gewesen.

»Guten Tag, Sir«, setzte Justus freundlich zur Begrüßung an. Der Hüne verschränkte demonstrativ die Arme vor der Brust. »Um was geht's denn?« Misstrauisch hob er die Brauen.

Schlagartig wurde den drei Detektiven bewusst, dass sie mit ihrem geplanten Vorhaben kein leichtes Spiel haben würden.

Vor Aufregung rutschte Peter beinahe das Herz in die Hose.

Entschlossen trat Justus einen Schritt näher. »Dürfen wir uns kurz vorstellen? Ich bin Robin, und das sind meine Kumpel Jack und Melvin.«

Peter und Bob nickten verunsichert.

»Das sagt mir gar nichts«, entgegnete der Hüne. Er betrachtete die drei Detektive näher. »Was wollt ihr denn?«

»Dazu müssten wir erst mal wissen, ob wir bei Ihnen überhaupt richtig sind«, erwiderte Justus mit gekonntem Unschuldsblick. »Sind Sie Mr Ronald Fletcher?«

»So ist es. Und was führt euch zu mir, wenn ich fragen darf?«

»Es ist mir ein bisschen unangenehm … und auch ein wenig

peinlich …«, entgegnete Justus in einem naiven Tonfall, dessen Wortlaut er sich im Vorfeld genauestens zurechtgelegt hatte. »Sie trainieren doch im Fitnessstudio *Big Muscles*, oder?«

Mr Fletcher stutzte und trat drohend aus dem Türrahmen. »Woher wisst ihr das?«

»Kein Grund zur Sorge«, parierte der Erste Detektiv unbeeindruckt und blickte seinem Gegenüber selbstbewusst ins Gesicht. »Jetzt, wo ich Ihren muskulösen und perfekt definierten Körper persönlich in Augenschein nehme, hat unser Kumpel Harry, der ebenfalls bei *Big Muscles* trainiert, fast noch untertrieben.«

Sichtlich geschmeichelt spannte Mr Fletcher seinen Bizeps an.

»Wow …!« Bob stieß einen bewundernden Pfiff aus. »Wirklich nicht schlecht. Sie wären echt unser Mann.«

»Euer Mann … wofür?«, erkundigte sich Mr Fletcher nun weitaus freundlicher.

Justus triumphierte. Seine Strategie, Miss Apples Freund zunächst mit oberflächlichen Komplimenten beizukommen, zeigte bereits Wirkung. »Nun ja …«, fuhr er zögernd fort. »Wir drei liegen unseren Eltern schon seit Längerem in den Ohren, dass wir gerne die Mitgliedschaft in einem Fitnessstudio beantragen würden. Denn allein mit klugen Sprüchen lassen sich die Mädchen heutzutage kaum noch beeindrucken. Denen muss man auch optisch was bieten.«

Mr Fletcher grinste geschmeichelt. »Da mag schon was dran sein.«

»Natürlich haben wir unseren Eltern gegenüber das mit den Mädchen nicht erwähnt«, fügte Bob schnell hinzu. »Stattdessen haben wir nur von Fitness und Ausdauertraining gesprochen. Die kamen uns dann aber gleich mit einem Sportkurs in der Schule oder einem Verein, der solche Angebote für Jugendliche meist kostenlos anbietet. Deshalb weigern sich unsere Eltern strikt, für uns die kostspieligen Mitgliedsbeiträge bei *Big Muscles* zu übernehmen.«

Mr Fletcher runzelte die Stirn. »Was hat das alles mit *mir* zu tun?«

»Dazu komme ich ja jetzt«, erwiderte Justus und deutete mit gespieltem Frust auf seinen fülligen Bauch. »Erfahrungsgemäß ist mit meiner Figur, allem voran beim anderen Geschlecht, kein Blumentopf zu gewinnen. Und die schmalen Oberarme von Jack sprechen ebenfalls für sich«, wies er dabei auf Bob. »Aber um es kurz zu machen: Harry hat Sie bei *Big Muscles* gesehen und uns an Sie verwiesen, Sir.«

»An mich? Aus welchem Grund?« Mr Fletchers Stimme wirkte genervt und neugierig zugleich.

»Die Sache verhält sich so …«, stieg jetzt Peter ins Gespräch ein. »Die hohen Mitgliedsbeiträge für *Big Muscles* könnten wir ja so gerade eben noch von unserem Taschengeld berappen. Aber dann bliebe nichts mehr für einen Personal Trainer übrig, ohne den wir unser Ziel – eine Strandfigur bis zu den Sommerferien – niemals erreichen würden.«

Mr Fletcher sah die drei Detektive entgeistert an. »Wollt ihr mir damit sagen, dass ihr hier aufgekreuzt seid, um mich …«

»Um Ihnen den Vorschlag zu unterbreiten, dass Sie uns als Personal Trainer coachen, außerhalb des *Big Muscles*-Studios«, brachte es Justus auf den Punkt. »Denn es erscheint uns weitaus sinnvoller, unser Taschengeld in *Ihre* professionellen Lehrkünste zu investieren, anstatt es einem konventionellen Fitnessstudio, wo wir uns eh nur selbst überlassen wären, in den gierigen Rachen zu werfen.«

»Okay …«, murmelte Mr Fletcher leise. »Ihr wisst aber schon, dass ich beruflich *nicht* als Personal Trainer arbeite, oder?«

Die drei Detektive nickten einvernehmlich.

»Darauf legen wir auch nicht allzu großen Wert, Sir«, fügte Justus hinzu.

»Und *wer*, sagtest du, hat euch in dem Studio an mich verwiesen?«

»Harry, ein Kumpel aus der Schule«, wiederholte Justus seine Lüge, ohne dabei rot zu werden.

Mit einem Mal verengten sich Mr Fletchers Augen zu schmalen Schlitzen. »Hat *er* euch meinen Namen und meine Adresse genannt?«

Peter durchfuhr es wie ein Blitzschlag. Hatte Mr Fletcher plötzlich Verdacht geschöpft?

Offensichtlich gelogen

»So gut scheint unser Kumpel Sie wiederum *nicht* zu kennen«, spann Justus sein Täuschungsmanöver professionell weiter. »Er konnte uns aber zumindest Ihren vollen Namen nennen, woraufhin *ich* dann im Telefonbuch Ihre Adresse ausfindig machen konnte.«

»Ich verstehe«, schien Mr Fletcher Justus' Antwort plausibel zu sein. »Dennoch hättet ihr mich besser vorher anrufen sollen. Mich hier so spontan persönlich zu überfallen, ist schon ein wenig aufdringlich.«

»Das Gleiche habe ich dir ja auch gesagt, Robin«, sagte Bob mit gespielter Verlegenheit zu Justus. »Aber du wolltest ja nicht auf mich hören.«

Der Erste Detektiv verzog echauffiert das Gesicht. »Weil ich befürchtet habe, dass uns Mr Fletcher per Handy schon im Vorfeld eine Absage erteilen würde.« Dann wandte er sich wieder dem Hünen zu. »Es erschien mir effektiver, Ihnen unser Anliegen persönlich vorzutragen, Sir.«

»Ihr drei seid ja echt crazy«, urteilte Mr Fletcher mit einem Grinsen, was Justus sogleich als Zeichen dafür wertete, mit seiner Taktik den richtigen Weg eingeschlagen zu haben. »Doch so sehr es mich auch reizen würde, euch als euer Personal Trainer mal so richtig ranzunehmen, muss ich leider passen.«

Peter verzog entgeistert die Mundwinkel. »Wieso das denn?«

»Weil ich gerade selbst seit einer Woche bei *Big Muscles* ein aufwendiges Trainingsprogramm durchziehe, das mir tagtäglich *alles* abverlangt. Meine Freundin ist schon völlig genervt davon. Vor allem, weil ich für die Fahrten zum Studio unseren gemeinsamen Wagen benutze, mit dem *sie* in der Regel zur Arbeit düst. Aber jetzt, da sie gerade –« Abrupt hielt er inne.

»Da sie gerade … *was*?«, hakte Bob möglichst beiläufig nach, um Mr Fletchers anfängliches Misstrauen nicht erneut zu wecken.

Dieser lachte verunsichert und strich sich über das gegelte Haar. »Nur eine … Lappalie, ja … eine lächerliche Lappalie! Dazu solltet ihr wissen: Seit einiger Zeit ist meine Freundin aus mir unerfindlichen Gründen auf einem völligen Umwelttrip. Sie hat mir erst letzte Woche einen langen Vortrag darüber gehalten, wie sehr das Autofahren unserem Klima schadet.« Wieder lachte er. »Und dann, trotz dieser bizarren Ansage, mit unserem Buick weiterhin zur Arbeit fahren wollen? Das ist doch wohl der krasseste Widerspruch, oder?«

»Tja, in einer Beziehung erlebt man oft die seltsamsten Dinge …«, entgegnete Justus vielsagend und studierte dabei Mr Fletchers Gesichtszüge auf das Genaueste. Doch dieser schien seine Mimik vollends im Griff zu haben, denn er zeigte keine Gefühlsregung. Der Erste Detektiv konnte jetzt nachvollziehen, weshalb sich Mr Fletcher in Miss Apples Traum in einen lebenden Tresor verwandelt hatte; denn auch in der Realität umgab dem Hünen trotz seiner momentanen Redseligkeit, die Justus ihm nicht abkaufte, eine Aura undurchdringlicher Verschlossenheit.

»Es tut mir leid, Jungs, aber ich muss das Gespräch jetzt beenden.« Unruhig trommelten seine Finger auf den Türrahmen. »Ansonsten gerät mein ganzer Zeitplan durcheinander.«

»Ach!«, horchte Peter auf. »Gehen Sie jetzt wieder ins Fitnessstudio?«

»Nicht gleich, aber später«, antwortete Mr Fletcher inzwischen leicht genervt. »Dämlicherweise bin *ich* nämlich heute mit dem Zubereiten des Abendessens dran. Und wenn die Suppe nicht pünktlich auf dem Tisch steht, kann meine Freundin recht ungemütlich werden. Sie ist gerade beim Friseur, kommt danach zum Essen hierher und muss im Anschluss gleich zu ihrem Yoga-Kurs.«

Justus schaute betrübt aus der Wäsche. »Es ist wirklich *äußerst* bedauerlich, dass wir Sie nicht als unseren Personal Trainer gewinnen können, Sir.«

»Nun lasst mal nicht die Köpfe hängen, Jungs«, entgegnete Mr Fletcher mit einem aufmunternden Augenzwinkern. »Aufgeschoben ist ja nicht aufgehoben. Und wer weiß: Vielleicht ergibt sich bis zu den Sommerferien bei mir trotzdem noch eine Gelegenheit, eurem Wunsch nachzukommen. Oder ich höre mich einfach mal um, ob sich jemand anderes findet, der diesen Job übernehmen will.« Dann wandte er sich Justus zu. »Gib mir für diesen Fall mal deine Handynummer, Robin, damit ich euch erreichen kann.«

Der Erste Detektiv zögerte unbemerkt und wägte dabei in seinem Kopf blitzschnell alle Vor- und Nachteile ab, die *für* und *gegen* die Entscheidung sprachen, Mr Fletchers Aufforderung nachzukommen. Doch dann vertraute er, ebenso wie Miss Apple dem ihren, auch *seinem* Instinkt und nannte dem Hünen bereitwillig die Nummer seines Handys.

Nachdem sich die drei Detektive von Mr Fletcher verabschiedet hatten, wandte sich Bob beim Gehen noch einmal um und rief dem Hünen zu: »Ach, eins noch, Sir!«

»Ja?«

»Echt 'n cooles T-Shirt, das Sie anhaben, gefällt mir!«

Mr Fletcher verharrte im Türrahmen und reagierte auf Bobs Kompliment mit einem breiten Grinsen.

»Nun, was meint ihr, Kollegen?«, fragte Justus seine Freunde, nachdem sie das Grundstück verlassen hatten und zurück zu Peters MG gingen. »Welchen Eindruck hat Miss Apples *lebender Tresor* auf euch gemacht?«

Bob sah Justus erstaunt an. »Na, er hat uns auf recht charmante Art und Weise schamlos belogen, Erster!«

»Ganz richtig«, entgegnete dieser. »Und ist uns somit auf den Leim gegangen; was wiederum den Verdacht unserer Klientin bestätigt.«

»Dass er in etwas Kriminelles verwickelt ist oder sich wohl eher doch mit einer heimlichen Geliebten trifft?«, fragte Peter und wandte sich vorsichtshalber noch einmal um, ob Mr Fletcher ihnen wider Erwarten folgen würde, was sich jedoch als Trugschluss erwies.

»Mir scheint die erste Variante weitaus plausibler zu sein«, mutmaßte Justus. »Denn weshalb hat er uns ebenso wie seine Freundin belogen, wenn es bei der ganzen Angelegenheit nur um eine heimliche Affäre ginge? Da er uns unmöglich mit Miss Apple in Verbindung bringen kann, ergäbe das doch gar keinen Sinn.«

»Das sehe ich genauso«, war Bob überzeugt. »Zumal wir recherchiert haben, dass das Fitnessstudio *Big Muscles* aufgrund von Renovierungsarbeiten bereits seit zwei Wochen geschlossen ist. Also kann Ronald die letzten Tage gar nicht dort trainiert haben.«

»Und demnach muss hinter dieser Lüge ein triftiger Grund stecken, den Ronald nicht nur vor Miss Apple, sondern auch vor anderen Personen verbergen muss«, schlussfolgerte der Erste Detektiv. »Außerdem muss ich noch anmerken, dass mir seine plötzliche Redseligkeit recht seltsam erschien. Als er uns zu erklären versuchte, weshalb seine Freundin neuerdings darüber sauer sei, dass er den gemeinsamen Buick nun ständig für *sich* in Beschlag nehmen würde. Ich hatte nämlich das Gefühl, dass dabei sein Gehirn ziemlich am Rotieren war. Seine gespielte Lockerheit habe ich ihm nicht für einen Cent abgenommen.«

»Dann setzen wir uns auf seine Spur«, entschied Bob. »Jetzt gleich?«

»Das halte ich zunächst für unnötig, Kollegen«, hielt Justus dagegen. »Da uns Ronald zumindest in einem Punkt die Wahrheit gesagt hat. Auf meinen feinen Geruchssinn kann ich mich nämlich stets verlassen.«

Peter grinste breit und zog seinen Wagenschlüssel hervor. »Du meinst wohl eher deinen detektivischen *Spür*sinn, oder?«

»In diesem Fall gilt beides, Zweiter«, belehrte ihn Justus. »Aus dem Bungalow drang der betörende Duft von frisch gekochter Gemüsesuppe, woraus sich schließen lässt, dass Ronald tatsächlich das Abendessen zubereitet. Und daher brauchen wir seine Fährte erst aufzunehmen, wenn er sich nach dem Dinner auf den vermeintlichen Weg zum Fitnessstudio begibt.«

Bob stieß einen überraschten Pfiff aus. »Alle Achtung! Ein Hoch auf deine ausgeprägten Sinne, Erster!«

»Von Miss Apple wissen wir, dass ihr Termin bei der Friseurin mindestens eine Stunde dauern wird.« Justus warf einen prüfenden Blick auf seine Armbanduhr. »Der wäre demnach in einer viertel Stunde beendet. Wenn du gleich ordentlich aufs Pedal drückst, Zweiter, könnten wir sie dort hoffentlich noch rechtzeitig abfangen.«

»Abfangen? Wozu das, Erster?«, wollte Peter wissen.

»Weil ich das Gefühl habe, dass uns der *lebende Tresor*, wie vorhin bereits erwähnt, noch eine weitere Lüge aufgetischt hat.«

Eine weitere Lüge

Kurz nachdem Peter gegenüber des Friseursalons einen freien Parkplatz ergattert hatte, rief Bob aufgeregt: »Bingo, Freunde! Da ist sie schon!« Er deutete zum Salon hinüber, über dessen Schaufenster in protzigen Goldbuchstaben der Schriftzug *Mandy's Hair Palace* prangte. Soeben hatte sich die Eingangstür geöffnet und Miss Apple war hinausgetreten. Unschlüssig blieb sie vor dem Salon stehen, zog aus ihrer Handtasche ein Handy hervor und tippte auf dem Display herum.

»Miss Apple ist ziemlich groß«, stach es Peter ins Auge. »Das ist mir heute Vormittag gar nicht aufgefallen.«

»Und wenn schon! Beeilung, Freunde!« Hastig löste Bob den Gurt des Beifahrersitzes. »Vermutlich ruft sich Miss Apple nämlich gerade ein Taxi!«

In diesem Moment verspürte Justus in seiner Jackentasche ein leichtes Vibrieren. »Wartet, Kollegen …« Er zog sein Handy hervor und stieß einen überraschten Pfiff aus. »Ein Anruf von Miss Apple!«

»Geh schon ran, Erster!«, drängte Peter. »Stell aber auf Lautsprecher, damit wir mithören können!«

»Schon erledigt. Ja, hier Justus Jonas von den drei –«

»Lucy Apple hier«, fiel ihm die Klientin ins Wort. »Wie ist das Gespräch mit Ronald verlaufen?«

»Leider nur teilweise erfolgreich«, musste Justus gestehen. »Alle weiteren Details sollten wir aber besser persönlich besprechen.«

»Moment ...«, hielt sie abrupt inne, während Bob beobachtete, wie Miss Apple jetzt näher an den Fahrbahnrand herantrat und direkt zu ihnen herüberblickte. »Fahrt ihr zufällig einen roten MG?«

»Korrekt«, meldete sich Bob zu Wort, während er ihr durch das Seitenfenster zuwinkte. »Wir sind soeben hier eingetroffen, weil Justus etwas Wichtiges mit Ihnen klären muss.«

»Verstanden. Ich komme zu euch.« Sie beendete das Telefonat, eilte schnurstracks auf die Ampel zu und wartete ungeduldig auf das grüne Signal.

Peter rieb sich gespannt die Hände. »Ich muss zugeben, dass mich der Fall langsam zu interessieren beginnt. Wobei ich mich gerade frage, ob der *Tresor* ...« Doch bevor Peter weitersprechen konnte, klopfte Miss Apple bereits energisch an das Fahrerfenster, woraufhin Justus, der auf der Rückbank des Wagens saß, sogleich die hintere Wagentür öffnete und hastig beiseiterückte, als die Klientin zu ihnen ins Fahrzeug stieg.

Ihrer Mimik war deutlich zu entnehmen, dass sie mit dem Schlimmsten zu rechnen schien.

»Euer Auftauchen beunruhigt mich sehr. Kommt mir jetzt bitte nicht mit einer Hiobsbotschaft!«

Bob wandte sich um und lächelte zuversichtlich. »Keine Sorge, Miss. Allerdings hat uns Ihr Freund bereits eine unmissverständliche Abfuhr erteilt.«

»Inwiefern?« Miss Apple lauschte dann äußerst gespannt dem Bericht des Ersten Detektivs – ohne ihn dabei ein einziges Mal zu unterbrechen. Eine Sache ließ Justus bei seinem Bericht jedoch bewusst unter den Tisch fallen, zumindest vorerst. Am Ende seines Monologs atmete Miss Apple tief durch. Nervös zupfte sie an ihrer Perlenkette und fühlte sich durch Justus' Schilderung nun vollends bestätigt. »Ich hab's euch doch gesagt, Jungs: Die ganze Angelegenheit stinkt zum Himmel! Was mich dabei besonders ärgert, ist, dass Ronald euren Vorschlag, ihn als Personal Trainer anzuheuern, abgelehnt hat.«

»Wobei die Begründung seiner Absage ja vollkommen gelogen war«, hob Peter hervor. »Das kommt noch dazu!«

Erneut knetete Justus seine Unterlippe. »Die Aussicht, gemeinsam mit Ronald trainieren zu können, hätte unseren Ermittlungen wahrlich so manchen Vorteil erbracht, Miss. Doch letztendlich haben wir durch Ronalds Lüge einen weitaus größeren Vorteil gewonnen, der uns womöglich schon heute Abend einen großen Schritt weiterbringt.«

Miss Apples Augen nahmen einen seltsamen Glanz an. »Ihr heftet euch an seine Fersen, wenn er – wie er mir weismachen wird – nachher zum Fitnessstudio fährt, richtig?«

Justus nickte ihr zu. »Das ist unser Plan. Und da Ihr Freund nicht weiß, dass das Studio vorübergehend geschlossen hat, wird er wohl auch nicht mit misstrauischen Verfolgern rechnen.«

»Mit Ausnahme einer Person …«, merkte Peter an.

Miss Apple hatte sofort verstanden. »Mir ist vollkommen bewusst, dass *ich* aus Ronalds Sicht das größte Risiko darstelle, ihm auf die Schliche zu kommen. Doch es gibt einen einfachen Weg, ihn zumindest heute Abend in Sicherheit zu wiegen.«

Bob wurde hellhörig. »Und der wäre?«

»Um neunzehn Uhr bin ich mit meiner Freundin Mandy zum Yoga-Kurs verabredet. Ich werde Ronald einfach darum bitten, mich dorthin zu fahren, wenn er mit unserem Wagen zum Fitnessstudio aufbricht. Und *nach* seinem Training soll er mich beim Yoga-Studio wieder abholen, falls ihr versteht, was ich damit meine …«

»Voll und ganz«, entgegnete Peter.

Justus grinste. »Hören Sie, Miss. Wir sind in erster Linie gekommen, um Sie über das Resultat unseres Gesprächs mit Ronald zu unterrichten. Uns gegenüber hat Ihr Freund nämlich eine Bemerkung fallen lassen, über deren Bedeutung ich mir noch nicht ganz im Klaren bin.«

»Die da wäre?«

»Ronald erwähnte, Sie seien völlig genervt, weil er seit einer Woche für die Fahrten zum *Big Muscles* ständig Ihren gemeinsamen Wagen in Beschlag nehmen würde.«

»Bitte?«, entfuhr es Miss Apple entrüstet. »Auch das ist eine dreiste Lüge! Darüber ist zwischen uns beiden kein einziges Wort gefallen.«

»Das dachte ich mir schon fast«, fühlte sich Justus abermals bestätigt. »Insbesondere, weil Ronald nach dieser Äußerung noch etwas sagen wollte, den Satz dann aber nicht zu Ende führte, als hätte er plötzlich ein schlechtes Gewissen bekommen«

»Kannst du bitte etwas deutlicher werden?«, bestand Miss Apple auf Aufklärung. »Wie lautete der genaue Wortlaut?«

»*Meine Freundin ist schon völlig genervt davon. Vor allem, weil ich für die Fahrten zum Studio unseren gemeinsamen Wagen benutze, mit dem sie in der Regel zur Arbeit düst*«, zitierte Justus. »Dann machte er eine kurze Pause und fügte hinzu: *Aber jetzt, da sie gerade …*«

Miss Apple stutzte. »Da ich gerade … – *was?*«

»Genau das wollten wir von Ihrem Freund auch wissen«, erklärte ihr Bob. »Worauf er uns sagte, dass Sie, aus für ihn unerfindlichen Gründen, plötzlich auf eine Art Öko-Trip gekommen seien und daher das Autofahren als ein absolutes No-Go einstufen würden.«

»Das ist doch völlig hirnverbrannt!«, schnaubte sie aufgebracht. »Und ein krasser Widerspruch in sich! Wie sollte ich denn ohne unseren Wagen zur Arbeit fahren können? Mit dem Bus würde ich dafür die dreifache Zeit benötigen!«

»Womit jetzt also eindeutig bewiesen wäre, dass Ronalds Lügenkonstrukt nicht nur Ihnen, Miss, sondern auch außenstehenden Personen gilt.« Justus' Gedankenapparat geriet ins Rotieren. »Diesbezüglich beschäftigt mich noch eine weitere Frage, die es dringend zu klären gilt …«

Zu hohe Erwartungen

Miss Apple atmete tief durch. »Ich werde mein Bestes geben. Was willst du wissen?«

Der Erste Detektiv fuhr in Ruhe fort. »Da Ronalds Erklärung Ihren Angaben zufolge nicht der Wahrheit entspricht, wäre es für uns von größtem Interesse, herauszufinden, worauf sich sein abgebrochener Satz bezogen haben könnte. *Da sie gerade …*«, wiederholte er das Zitat und blickte sie fragend an. »Was hat Ihr Freund hier andeuten wollen, Miss, und warum tischte er uns hier so eine faustdicke Lüge auf? Irgendetwas muss ihn spontan dazu veranlasst haben. Fällt Ihnen dazu vielleicht ein Beweggrund ein?«

Miss Apple schüttelte den Kopf. »Aus dem Stegreif nicht. Ich bin mit dieser ganzen Angelegenheit restlos überfordert!«

»Die drei Detektive werden dafür sorgen, dass sich dieser Zustand bald ändert«, stellte Justus ihr in Aussicht. »Dazu sind wir aber, was unser heutiges Vorhaben betrifft, auf Ihre Mithilfe angewiesen.«

»Ich bin zu jeder Schandtat bereit. Worum geht es?«

Justus griff in die Innentasche seiner Bomberjacke und zog mit spitzen Fingern einen flachen, kreisrunden Gegenstand daraus hervor.

Miss Apple stutzte. »Was um alles in der Welt ist das denn?«

»Unsere neueste Errungenschaft: ein Peilsender mit integrierter Mini-Wanze«, erklärte Justus stolz. »Bevor Sie sich heute Abend mit Ronald aus dem Bungalow begeben, müssen Sie unbedingt dafür sorgen, dass er dieses Kleinod unbemerkt an seinem Körper mit sich trägt.«

»Gib her das Ding!« Sie grabschte Justus den Sender aus der Hand und beäugte ihn näher. »Kaum größer als eine 5-Cent-Münze …« Sie grinste verschmitzt. »Kein Problem also, ihm das Teil unterzujubeln. Um seine Glaubwürdigkeit zu untermauern, hat sich Ronald in den letzten Tagen die Trainingsklamotten nämlich immer schon zu Hause angezogen, bevor er angeblich zum Fitnessstudio aufbrach. Daher weiß ich auch schon, wie und wo ich den Sender platzieren werde.«

Bob horchte interessiert auf. »Nun machen Sie mich aber neugierig …«

»Zu Recht!«, entgegnete diese und wies zu ihrem Bein hinunter. »Ronalds Trainingshose war bei der ersten Anprobe einige Zentimeter zu lang gewesen, weshalb ich sie von einer Änderungsschneiderei kürzen ließ. Einen der umgenähten Säume werde ich daher nur minimal auftrennen müssen, um euren Sender darin verschwinden zu lassen.«

»Ein ideales Versteck«, lobte Peter. »Vorausgesetzt, Sie lassen sich dabei nicht erwischen.«

Miss Apple winkte gelassen ab. »Keine Sorge, ich werde achtsam vorgehen. Wobei wir jetzt aber klären sollten, wie die Sache heute Abend laufen soll. Muss ich den Sender, bevor ich ihn im Saum platziere, noch aktivieren?«

»Darum brauchen Sie sich nicht zu kümmern, Miss«, erläuterte der Erste Detektiv. »Wichtig für uns ist, um welche Uhrzeit Sie sich mit Ronald auf den Weg machen werden. Können Sie uns ein ungefähres Zeitfenster nennen?«

»Klar doch.« Sie zog ihr Handy hervor und wischte über das Display. »Jetzt ist es 17:30 Uhr. In einer halben Stunde werden wir bei uns zu Hause abendessen. Das dürfte maximal eine halbe Stunde dauern. Danach könnte unser Aufbruch jederzeit erfolgen.«

»Nach dem Abendessen direkt zum Training und zum Yoga-Kurs?«, hakte Peter verwundert nach. »Das widerspricht aber einer wichtigen Sportlerregel. Man sollte erst frühestens nach zwei Stunden –«

»Ronald und ich legen größten Wert auf eine bewusste Ernährung«, schnitt ihm Miss Apple belehrend das Wort ab. »Und da für mich heute Abend Fitness auf dem Programm steht, habe ich ihn angewiesen, uns eine leichte Gemüsesuppe zu kredenzen.«

»Klingt köstlich«, musste Justus eingestehen. »Doch weiter im Text: Peter, Bob und ich werden sicherheitshalber schon um 18 Uhr in unmittelbarer Nähe Ihres Bungalows Posten beziehen. Die Aktivierung des Senders werde ich per Funk vornehmen, sobald Ronald und Sie mit dem Wagen losfahren. Alles andere wird sich anschließend aus der Situation von selbst ergeben.«

»Einverstanden.« Miss Apple warf einen erneuten Blick auf das Display ihres Handys. »Ach herrje, dann muss ich jetzt aber schleunigst los, Jungs. Wenn ich zum Abendessen zu spät komme, kann Ronald recht ungemütlich werden.«

»Dasselbe hat er auch über Sie gesagt«, entgegnete Bob irritiert.

»Wie dem auch sei …« Miss Apple ließ den Sender und das Handy in ihrer Handtasche verschwinden. Dann öffnete sie die Wagentür.

»Wir könnten Sie mitnehmen und in der Nähe Ihres Bungalows absetzen«, bot ihr Justus an.

Doch Miss Apple winkte dankend ab. »Nett gemeint! Aber wir sollten lieber jedes unnötige Risiko vermeiden, von Ronald am Ende gar noch zusammen gesehen zu werden. Ich rufe mir besser ein Taxi.«

Ein Hoch auf die Technik

Kurz nach 18 Uhr kauerten die drei Detektive in Peters MG in einer Parkbucht, von der aus die etwa fünfzig Meter entfernte Auffahrt zu Lucy Apples und Ronald Fletchers Bungalow gut zu sehen war. Justus machte sich daran, die Papiertüten, die er auf seinem Schoß platziert hatte, an seine Freunde auszuteilen, wobei ihm aus lauter Vorfreude das Wasser im Mund zusammenlief. »Schön, dass du während unserer Ermittlungsarbeiten nebenher auch stets die Gaumenfreuden im Blick behältst, Erster. Schnell noch die Hamburger zu besorgen, war wirklich eine Spitzenidee!«, freute sich Bob.

»Ich betrachtete es eher als eine notwendige Maßnahme«, gab Justus zu verstehen, zog den Snack aus der Tüte und biss herzhaft hinein. »Wer von unf … weif fon … fi fiel Feit … unfere Verfolgung beanfprufen wirb …«, brabbelte er mit vollem Mund.

Peter grinste breit. »Lass es dir schmecken, Just«, entgegnete er trocken. »Bob und ich haben dich auch mit vollem Mund verstanden – zum Glück kennen wir uns inzwischen ja bestens mit kryptischen Sprachfetzen aus.«

Die folgenden Minuten verbrachten die drei Detektive damit, sich mit Hochgenuss ihre Hamburger einzuverleiben, bis Bob plötzlich zusammenfuhr und aufgeregt zur Windschutzscheibe deutete.

»Der graue Buick, Freunde!«

Impulsiv schnellte der Erste Detektiv von der Rückbank hoch, griff nach dem Empfangsgerät des Peilsenders und beugte sich vor, um bessere Sicht zu haben. Der Buick hatte die Zufahrt des Bungalows bereits verlassen, bog rechts ab und fuhr zügig davon.

»Schmeiß den Motor an und nimm die Verfolgung auf, Zweiter!«, rief Justus aufgeregt, während er per Knopfdruck den Funksender aktivierte. »Und denk dabei bitte an den nötigen Sicherheitsabstand.«

»Wirklich?« Peter verzog genervt das Gesicht. »Ich hatte eigentlich vor, so dicht ranzufahren, dass der *Tresor* gleich Lunte riecht!« Er warf den Motor an, manövrierte den MG aus der engen Parklücke und gab Gas.

Justus behielt den kleinen grünen Punkt, der sich auf dem Display des Empfängers zügig Richtung Norden bewegte, weiterhin im Auge. »Erst mal weiter geradeaus«, wies er Peter an. »Und bitte einen Zahn zulegen, Ronald scheint es ziemlich eilig zu haben. Hat einer von euch gesehen, ob auch wirklich *beide* im Wagen sitzen?«

»Leider nein, Erster«, musste Bob passen. »Ich war dummerweise so überrascht, dass ich –«

»Aha. Und du, Peter?«

Auch er schüttelte den Kopf. »Ging mir auch so. Was sagt denn unser Empfangsgerät? Lasst uns doch gleich mal die Abhörfunktion checken. Dann wissen wir auch, ob alles nach Plan läuft und hören außerdem, ob Miss Apple, wie vereinbart auch mit im Buick sitzt oder nicht.«

»Es sei denn, dass sich unser Pärchen während der Fahrt nichts zu sagen hat und wir deshalb keinen Piep hören werden.«

»Dazu wird es unsere Klientin garantiert nicht kommen lassen, Bob«, mutmaßte Justus zuversichtlich. »Und jetzt still, Kollegen, ich schalte auf Lautsprecher!«

Mit einem Klick setzte er die Mithörfunktion in Betrieb und drehte am kleinen Rädchen des Lautstärkereglers.

»*... was ist denn daran seltsam, Ronald? Sitzt dir schon wieder irgendetwas quer?*«, drang es kristallklar aus dem Empfänger. »*An der Suppe kann es jedenfalls nicht liegen, die ist dir heute nämlich außerordentlich gut gelungen und dazu auch sehr bekömmlich!*«

»Die Stimme ist eindeutig Miss Apple zuzuordnen«, stellte Justus beruhigt fest. »Und der Empfang könnte nicht besser –«

»*Die Suppe hat nicht das Geringste damit zu tun, Lucy*«, war nun auch Mr Fletchers Stimme zu vernehmen. »*Ich wundere mich nur, dass ich dich ausgerechnet heute zu deinem Yoga-Kurs kutschieren muss, obwohl ich dir mehrfach gesagt hatte, dass mich Mickey heute wegen der Vertragsverlängerung pünktlich um neunzehn Uhr im Fitness-Studio erwartet. Mandy holt dich doch sonst auch immer zu Hause ab, wenn ihr zum Yoga geht. Ist ihr diesmal was dazwischengekommen?*«

»*Wo bist du nur mit deinen Gedanken?*«, erwiderte Miss Apple ungehalten. »*Ich habe dir doch schon zweimal gesagt, dass Mandy heute nicht zum Kurs kommt, weil sie im Friseursalon Überstunden machen muss.*«

»*Ach ja? Na, wenn du meinst …*«

»*Höre ich da gerade unterschwellig so was wie Argwohn heraus, oder bilde ich mir das nur ein?*«

Als Antwort gab Mr Fletcher nur ein mürrisches Räuspern von sich. Danach verfiel das Pärchen in lethargisches Schweigen, bis Justus plötzlich vom Empfangsgerät aufblickte und seine Hand auf Peters Schulter legte.

»Drossle das Tempo, Zweiter. Der Buick ist soeben rechts abgebogen, und meines Wissens nach befindet sich das Yoga-Studio in der zweiten Querstraße hinter der nächsten Kreuzung.«

Peter folgte der Anweisung. Kurz darauf kam der grüne Punkt auf dem Display des Empfängers zum Stehen und aus dem kleinen Lautsprecher ertönte Mr Fletchers Stimme.

»*So, mein Schatz, da wären wir. Ich hole dich dann in anderthalb Stunden wieder hier ab. Hoffentlich hast du auch ohne Mandy Spaß am Yoga!*«

»*Das wird sich zeigen. Und jetzt zisch ab, damit dein Freund nicht unnötig lange warten muss!*«

Die drei Detektive hörten, wie Miss Apple sich mit einem

innigen Kuss von ihrem Freund verabschiedete, aus dem Buick stieg und sich das Fahrzeug anschließend wieder in Bewegung setzte.

Peter warf Justus einen fragenden Blick zu. »Was zeigt der Empfänger an, Erster? Soll ich dem Buick in die Querstraße folgen?«

Justus nickte. »Der grüne Punkt bewegt sich Richtung Norden, geradewegs aufs Stadtzentrum zu. Gib Gas, Zweiter!«

Nachdem Peter in die Querstraße abgebogen war, beschleunigte er den MG, bis in der einsetzenden Dämmerung in weiter Entfernung die Rücklichter des Buick zu erkennen waren. Dann verringerte er das Tempo und behielt den nötigen Sicherheitsabstand zu dem vorausfahrenden Fahrzeug.

Plötzlich begann das Handy in Justus' Jackentasche zu vibrieren. Er zog es hervor und sah auf das Display.

»Ein Anruf von Miss Apple. Was will *die* denn jetzt von uns?«

Bob rollte mit den Augen. »Was fragst du uns das? Geh schon ran, Erster!«

Justus schaltete auf Lautsprecher. »Was gibt's denn, Miss Apple? Wir befinden uns gerade …«

»Weiß ich doch«, fiel ihm Miss Apple aufgeregt ins Wort. »Ich will nur hören, ob alles nach Plan läuft. Das Gespräch mit Ronald während der Fahrt verlief recht angespannt. Von beiden Seiten aus. Die Stimmung zwischen uns ist echt im Keller. Ich habe ja nur etwas von mir gegeben, damit ihr überprüfen konntet, ob über das Mikrofon auch tatsächlich etwas zu verstehen ist.«

»Alle Achtung, so etwas Ähnliches hatte ich mir schon gedacht!«, entgegnete Justus voll des Lobes.

»Dann funktioniert die akustische Überwachung also!«, frohlockte sie. »Seid ihr an ihm dran?«

»Wir haben Sichtkontakt und das Empfangsgerät hat das Fahrzeug auf dem Schirm. Soeben ist ihr Freund vom Olympic Boulevard Richtung Osten auf den Lincoln Boulevard abgebogen und …«

»Richtung Osten auf den Lincoln Boulevard?« Miss Apple stieß einen verächtlichen Laut aus und fühlte sich offenbar in ihrem Verdacht bestätigt. »Zu seinem Fitnessstudio hätte er in die entgegengesetzte Richtung fahren müssen. Lasst euch bloß nicht von ihm abhängen, Jungs! Ich kann es kaum erwarten, was ihr mir nachher zu vermelden habt, und bin auf alles gefasst.«

»Warten wir es ab«, ließ Justus zweideutig verlauten. »Nur eine Sache noch!«

»Die da wäre?«

»Die anstehende Aktion wird vermutlich unseren vollen Einsatz fordern, deshalb bitte ich Sie inständig, sich für die nächsten zwei Stunden in Geduld zu üben. Soll heißen: Sobald wir etwas Nennenswertes in Erfahrung gebracht haben, werden *wir* Sie anrufen – nicht *Sie* uns! Können wir uns darauf einigen?«

Miss Apple zögerte. »Ich … äh … also schön. *Ihr* seid die Detektive. Deshalb beuge ich mich eurem Willen, wenn es der Sache dienlich ist. Ich wünsche euch viel Erfolg.«

Es knackte in der Leitung. Miss Apple hatte das Telefonat beendet.

»Sehr vernünftig, dass du unserer Klientin klargemacht hast, wo der Hammer hängt«, befand Peter, während er den MG weiterhin durch die Dämmerung lenkte. »Der Buick, Leute ... Irre ich mich, oder habe ich ihn plötzlich aus dem Blickfeld verloren?«

Bob rutschte von der Rückbank ein Stück nach vorne und starrte angestrengt durch die Windschutzscheibe auf die Fahrbahn. »Verdammt, du hast recht, Zweiter! Was sagt denn das Empfangsgerät, Justus?«

»Ein Hoch auf die Technik, der grüne Punkt wird weiterhin präzise angezeigt; was meinen Adrenalinspiegel jedoch gerade in die Höhe schnellen lässt, Kollegen!«

Peter schnappte nach Luft. »Was zur Hölle meinst du damit?«

»Dass du gehörig auf die Tube drücken solltest!« Justus deutete auf den Bildschirm des Empfangsgeräts. »Der grüne Punkt ist zwei Meilen vor uns zum Stillstand gekommen. Allem Anschein nach ist Ronald an seinem Ziel angekommen.«

»*Allem Anschein nach*«, versuchte Bob, sich Gewissheit zu verschaffen. »Könnte der Buick nicht auch vor einer roten Ampel oder einer geschlossenen Bahnschranke stehen?«

Justus verneinte. »Beides würde auf dem Bildschirm angezeigt werden. Der Buick aber parkt vor einem Gebäude, das auf dem Display lediglich als ein kleines Quadrat dargestellt wird.«

»Verflixt!« Impulsiv trat Peter so heftig aufs Gaspedal, dass die drei Detektive beim Beschleunigen tief in ihre Sitze gedrückt wurden. »Wie lautet die Fahrtroute, Erster?«

»Laut Anzeige anderthalb Meilen weiter geradeaus, dann links in die Pearlstreet abbiegen.«

»Jetzt geratet mal nicht in Panik, Freunde«, behielt Bob die Ruhe. »Falls Ronald tatsächlich mit jemandem verabredet ist, können wir anhand der Wanze das Gespräch doch jetzt schon während der Fahrt belauschen. Stell doch mal lauter, Justus!«

Umgehend drehte der Erste Detektiv am Lautstärkeregler des Empfangsgeräts … und stutzte. »Nein … Bloß das nicht …«

»Just …« Bob beschlich eine üble Vorahnung. »Soll das etwa heißen …«

Entgeistert nickte er. »Die Anzeige des Peilsenders funktioniert einwandfrei. Das Problem scheint eher das Mikrofon zu sein, dessen Sendeleistung auf diese Entfernung offensichtlich doch etwas zu schwach ist.«

»Verstehe«, entgegnete Peter. »Wie weit müssen wir uns diesem Ronald denn nähern, damit die Verbindung wieder funktioniert?«

Justus zuckte missmutig mit den Schultern. »Da wir diese neue Errungenschaft heute zum ersten Mal einsetzen, kann ich darüber nur Vermutungen anstellen, Kollegen, daher wird es nur die Praxis zeigen.«

»So viel also zu deinem Hoch auf die Technik, Erster!«, konnte sich Bob den kleinen Seitenhieb nicht verkneifen. »Und du, Zweiter, zeigst uns jetzt, was dein MG draufhat! Hol alles raus aus dem Schlitten!«

Das ließ Peter sich nicht zweimal sagen und legte noch einen Zahn zu.

Amnesie

Nachdem sich die drei Detektive dem parkenden Buick in der Pearlstreet auf eine Meile genähert hatten, ertönte aus dem Lautsprecher des Empfangsgeräts ein mehrmaliges Knacken, gefolgt von leisem Rauschen.

Kurz darauf waren einige Wortfetzen zu vernehmen, die durch weiteres Knacken unterbrochen wurden.

»- - - *wären diese Informatio - - - reich für - - - - mache mir daher große Sor - - -*«

»Das ist Ronalds Stimme!«, zischte Peter aufgeregt.

»- - - *ja gerne weiterhelfen - - -*«, drang aus dem Lautsprecher jetzt eine unbekannte Frauenstimme. »- - - *aber auch verstehen - - - gebunden bin. Ich weiß, dass das - - -*«

»- - - *nicht besser privat besprechen?*«, entgegnete Miss Apples Freund aufgebracht. »- - - *Fremden rücken mir penetrant auf den Pelz. Und dann standen heute plötzlich noch drei Teenager bei mir auf der Matte - - - mir fadenscheinig weismachen wollten, dass sie mich - - -*«

»*Ich brühe uns erst mal einen Tee auf, und dann sollten wir alles in Ruhe besprechen. Ich verschwinde mal kurz in der Küche und bin gleich zurück.*«

»*Einverstanden*«, willigte er erleichtert ein.

Bob grinste zuversichtlich. »Der Empfang wird zunehmend besser, Freunde.«

»Kein Wunder«, sagte Justus und deutete auf das Empfangsgerät. »In vierhundert Metern haben wir den Zielort erreicht. An der nächsten Kreuzung musst du rechts abbiegen, Zweiter. Dort parken wir auf dem ersten sich bietenden freien Parkplatz. Den Rest der Strecke legen wir zu Fuß zurück.«

Peter nickte, verringerte das Tempo und setzte den Blinker.

Nachdem er in die Pearlstreet abgebogen war, entdeckte er fünfzig Meter weiter eine Parklücke und brachte dort den MG zum Stehen.

»Wie gehen wir jetzt vor?«, fragte Bob in die Runde. »Diese unbekannte Dame wird den Tee sicher gleich aufgebrüht haben und aus der Küche zurückkommen. Bleiben wir im Wagen sitzen und hören uns an, was sich die beiden zu sagen haben?«

»Jein«, entschied Justus bestimmt und löste seinen Sicherheitsgurt. »Wir werden zweigleisig agieren.«

»Zweigleisig zu *dritt*?« Peters Gesicht war ein einziges Fragezeichen. »Wie stellst du dir das vor, Erster?«

»Ganz einfach: Du bleibst hier im Wagen sitzen und wirst über den Lautsprecher das Gespräch mitverfolgen, das die beiden wie angekündigt sicher gleich fortsetzen werden, während Bob und ich –«

»Ja, aber sechs Ohren hören doch bekanntlich wesentlich mehr als zwei!«, fiel ihm Peter entrüstet ins Wort.

»Da magst du schon recht haben«, ließ sich der Erste Detektiv nicht von seinem Plan abhalten. »Doch wie Bob vorhin so treffend bemerkt hat, handelt es sich bei Mr Fletchers Gesprächspartnerin um eine für uns bis dato *unbekannte* Frau. Daher sollten wir die Chance nutzen, *mehr* über sie in Erfahrung zu bringen als einzig und allein über den akustischen Weg.«

»Wollt ihr etwa bei der Lady an der Haustür klingeln und sie darum bitten, euch auch an ihrer Teezeremonie mit Mr Fletcher teilhaben zu lassen?«, entgegnete Peter zynisch.

Justus war nicht zu Scherzen aufgelegt. »Vollkommener Unsinn, und das weißt du!«, erwiderte er mit grimmiger Miene. »Bob und ich werden uns an das Gebäude heranpirschen und die Lage vor Ort prüfen. Im Idealfall stoßen wir dabei auf ein Fenster, durch das wir die beiden beobachten können.«

»Und außerdem sollten wir uns Klarheit darüber verschaffen, welcher Name auf dem Klingelschild steht«, fügte Bob hinzu. »Denn ohne diese Information …«

»*So, da bin ich!*«, erklang plötzlich wieder die Frauenstimme aus dem Lautsprecher. »*Es hat etwas länger gedauert, aber das Warten hat sich gelohnt. Der Tee wird uns munden. Das hoffe ich jedenfalls!*«

Die drei Detektive hörten, wie ein Tablett abgestellt wurde. Dann klapperte leise Geschirr und der Tee wurde eingegossen.

Justus nutzte den Moment für kurze Instruktionen. »Präge

dir jede Einzelheit des Gesprächs genauestens ein, Zweiter. Bob und ich werden nicht lange brauchen und kommen schnellstmöglich wieder zurück. Sei aber startklar, falls unerwartete Schwierigkeiten auftreten sollten und wir schleunigst von hier verduften müssen.«

»Mal den Teufel bloß nicht an die Wand …«, erwiderte Peter beklommen. »Und jetzt macht euch auf die Socken!«

Kurz nachdem Justus und Bob aus dem MG gestiegen waren, ertönte aus dem Lautsprecher ein unelegantes Schlürfen.

»*Uiiiih … der ist noch sehr heiß!*«, urteilte Mr Fletcher und setzte die Tasse ab. »*Ich hätte mir beinahe den Mund verbrannt.*«

»*Dann lassen Sie ihn besser ein wenig abkühlen. Auf die paar Minuten kommt es nun auch nicht mehr an. Nutzen wir die Zeit und sprechen weiter über den Unfall Ihrer Partnerin. Von Ihrer Seite, Mr Fletcher, gibt es da sicher noch einigen Klärungsbedarf. Aber erwarten Sie nicht zu viel von mir. Wie gesagt: Alles, was dem Gesetz der Schweigepflicht unterliegt, kann, darf und werde ich Ihnen nicht sagen.*«

»*Na toll, dann hätte ich mir den Weg hierher auch sparen können*«, knurrte er ungehalten. »*Heute Morgen klang das alles noch ganz anders! Sie waren es doch, die mich hierhergebeten haben.*«

»*Weil in der Notaufnahme die Hölle los war und es unmöglich war, dort ein ruhiges Gespräch zu führen. Außerdem ging ich davon aus, dass Sie einen Rat bräuchten, wie Sie nun nach dem Unfall am besten mit Ihrer Partnerin umgehen. Eine Amnesie ist schließlich nicht auf die leichte Schulter zu nehmen.*«

Mr Fletcher seufzte. »*Da kann ich seit einigen Tagen ein Lied von singen. Nach dieser unglückseligen Geschichte hat sie sich sehr verändert. Sie ist auffällig nervös und gereizt. Wie lange, meinen Sie, wird dieser Zustand bei ihr anhalten?*«

»*Theoretisch ist jederzeit mit einer Besserung zu rechnen. Es könnte sich jedoch auch noch eine Weile hinziehen. Schwierig, da eine Prognose zu stellen. Spricht Sie denn im Schlaf? Gibt Sie da irgendetwas von sich?*«

»*Ich ... äh .... verstehe nicht ganz ... Wie kommen Sie denn darauf?*«

»*Weil das Gehirn in manchen Fällen von Amnesie während des Schlafzustandes Impulse an das Sprachzentrum sendet. Ähnlich wie bei Albträumen, bei denen die Betroffenen ängstliche Laute oder Schreie ausstoßen; manchmal auch kurze Sätze, die sich auf das Traumerlebnis beziehen. Und da diese Erlebnisse meist aus einer Verkettung real erlebter Ereignisse bestehen, ließen sich, gesetzt den Fall, dass Ihre Partnerin im Schlaf etwas geäußert haben sollte, eventuell Rückschlüsse daraus ziehen, was ihr vor dem Unfall widerfahren ist.*«

»*Verstehe. Aber von meiner Seite aus muss ich verneinen. Ich schlafe meist so tief und fest, dass ich morgens noch nicht mal den Wecker höre.*« Er zögerte kurz. »*Hat Lucy denn in Ihrer Anwesenheit etwas von sich gegeben, während sie bewusstlos in der Notaufnahme der Klinik lag?*«

»*Nein. Und zum Glück kam sie ja schon nach wenigen Minuten wieder zu sich.*«

Aufmerksam lauschte Peter dem Dialog aus dem Lautsprecher und blickte dabei durch die Windschutzscheibe auf den vor ihm liegenden Straßenabschnitt. Mit Ausnahme eines Drugstores war dieser zu beiden Seiten ausschließlich mit Einfamilienhäusern bebaut. Justus und Bob waren im diffusen Licht der Straßenlaternen nicht mehr zu sehen. Vermutlich nahmen sie das zu observierende Gebäude bereits schon näher in Augenschein.

Plötzlich zuckte der Zweite Detektiv zusammen und stutzte …

Ab durch die Hecke

Für Justus und Bob war es ein Leichtes gewesen, das Grundstück, auf dem sich ein zweistöckiges Einfamilienhaus befand, ungehindert zu betreten. Weder ein hoher Zaun, ein verschlossenes Tor noch eine unüberwindbare Mauer schützte es vor ungebetenen Eindringlingen. Schon von der Straße aus war durch ein breites Fenster im Parterregeschoss zu erkennen gewesen, wo sich Ronald Fletcher und die unbekannte Frau aufhielten. Sie saßen in einem geschmackvoll eingerichteten Wohnzimmer auf zwei weißen Sitzsäcken vor einem kleinen Teetisch und schienen weiterhin im Gespräch zu sein. Wie zuvor vereinbart schlichen Justus und Bob zunächst vorsichtig zur Haustür, um den Namen auf dem Klingelschild zu lesen. *Jane P. Madisun*, prägte sich der Erste Detektiv in sein Gedächtnis ein. Dennoch, um auf Nummer sicher zu gehen, zog er sein Handy hervor und fotografierte das Schild.

»Und was machen wir jetzt?«, flüsterte Bob leise und unterdrückte einen leichten Hustenreiz. »Ich habe vorhin gesehen, dass das Wohnzimmerfenster einen Spalt geöffnet ist. Theoretisch könnten wir uns geduckt anpirschen, um die beiden ebenfalls zu belauschen. Aber zum einen hat Peter diesen Part schon übernommen, und zum anderen müssen wir damit rechnen, dass wir mit jedem weiteren Schritt eine Alarmanlage auslösen könnten.«

»Auf dieses Risiko sollten wir uns besser nicht einlassen«, musste Justus eingestehen. »Ich bin ja schon heilfroh, dass da drin bisher kein Wachhund angeschlagen hat. Dennoch widerstrebt es mir, uns mit so dürftigen Ermittlungsergebnissen wieder vom Acker zu machen. Ich würde zumindest vorher noch …«

Das unerwartete Vibrieren seines Handys ließ Justus zusammenfahren. Als er auf das Display blickte, befiel ihn eine üble Vorahnung.

»Ein Anruf von Peter! Das heißt nichts Gutes!«

»Geh schon ran, Erster!«, zischte Bob alarmiert.

Der Erste Detektiv wischte über das Display und presste das Handy ans Ohr. »Was gibt's, Zweiter?«

»Justus, ihr müsst die Beschattung sofort abbrechen und wenn möglich ungesehen abhauen! Es kommen zwei Typen direkt in eure Richtung!«

»In Ordnung, Peter. Aber ungesehen abhauen?«, fragte Justus irritiert. »Wie meinst du das?«

Peters Atem ging stoßweise. »Auf keinen Fall über die Pearlstreet! Bahnt euch irgendwie einen Weg zur Rückseite des Grundstücks und versucht über die dahinterliegende Nebenstraße zu entkommen! Laut Anzeige des Empfangsgeräts die Chester Road! Macht die Biege, Leute! Ich schmeiß jetzt den Motor an, mache ’ne Kehrtwendung und sammel euch in der Chester Road ein!«

»Verstanden!« Hastig ließ Justus das Handy in seiner Jackentasche verschwinden und gab Bob ein kurzes Handzeichen. »Los, mir nach!«

Die Jungs setzten sich in Bewegung. Justus preschte voran und lief, dicht gefolgt von Bob, an der Seitenwand des Hauses entlang auf eine mannshohe Rosenhecke zu, hinter der sich die von Peter beschriebene Nebenstraße befinden musste.

»Wo willst du hin?«, rief Bob verstört und hätte Justus um ein Haar zu Boden gestoßen, da dieser kurz vor der Hecke abrupt gestoppt hatte, um sich eiligst einen Überblick zu verschaffen.

Nach kurzer Orientierung wies er nach vorn. »Es gibt keinen anderen Fluchtweg, wir müssen geradewegs da durch!«

»Wie jetzt?«, glaubte Bob, sich verhört zu haben. »Frontal durch diese dornige Rosenhecke? Vor allem – *warum?*«

»Keine unnötigen Fragen jetzt!«, bestand Justus auf seiner Forderung. »Wenn du es so machst wie ich, werden wir vermutlich weniger Blessuren davontragen.« Demonstrativ zog er von hinten seinen Jackenkragen bis über die Stirn, drehte sich um und quetschte sich rückwärts durch das Gestrüpp.

Bob atmete tief durch. Dann gab er sich einen Ruck und folgte Justus auf die gleiche Weise. Als er sich durch die Hecke gekämpft hatte, war der Erste Detektiv bereits auf die verlassene

Fahrbahn der Chester Road geeilt und deutete auf die erleuchteten Scheinwerfer des in der Ferne nahenden MGs.

»Beeilung, Bob, wir laufen Peter entgegen!«

Die beiden sprinteten los und machten den Zweiten Detektiv mit winkenden Handzeichen auf sich aufmerksam. Wenige Sekunden später brachte dieser den Wagen vor seinen Freunden zum Stehen, sammelte Justus und Bob ein und gab Vollgas.

»Von welchen zwei Typen hast du gesprochen, Zweiter?«, wandte sich Justus sogleich an Peter, der das Lenkrad fest umklammerte und dabei immer wieder besorgte Blicke in den Rückspiegel warf. »Und weshalb gibt das Empfangsgerät keinen Laut mehr von sich?« Er sah sich suchend um und stutzte. »Wo ist das Teil überhaupt?«

Peter setzte den Blinker. »Fangen wir von hinten an: Das Empfangsgerät muss sich derzeit unter deinem Allerwertesten befinden, Erster. Ich hatte es vorhin auf dem Beifahrersitz abgelegt, nachdem die Batterien vor wenigen Minuten anscheinend schlappgemacht haben. Jedenfalls gab das Ding plötzlich weder einen Laut noch ein Sichtsignal mehr von sich.«

»Das ist schier unmöglich«, zweifelte Justus an, während er ächzend seinen Po hob, das Empfangsgerät hervorzog und es eingehend betrachtete.

Bob grinste. »Schier unmöglich erscheint es mir aber auch, dass du dich auf so ein hartes Kästchen setzen kannst, ohne es zu merken. Dein Gesäß muss ja eine ziemlich dicke Lederhaut haben!«

»Kommen wir zu deiner anderen Frage, Just. Etwa fünf Minuten bevor ich dich angerufen habe, näherte sich plötzlich aus der Ferne ein Auto mit ausgeschalteten Scheinwerfern!« Wieder warf er einen prüfenden Blick in den Rückspiegel. »Zum Glück folgen uns die beiden Typen jetzt nicht!«

»Dann erzähl weiter!«, brannte Justus vor Ungeduld. »Was war nun mit den Scheinwerfern?«

»Zuerst dachte ich mir nicht viel dabei, weil ich ja aufmerksam dem Gespräch aus dem Empfangsgerät zuhörte und versuchte, mir alles zu merken. Doch dann, im selben Moment, als die Übertragung abbrach, fuhr das nahende Fahrzeug – ein schwarzer SUV – nur noch im Schritttempo weiter und kam etwa hundert Meter von mir entfernt auf dem linken Fahrbahnstreifen zum Stehen.«

»Hundert Meter von deinem MG entfernt?«, horchte Bob verwundert auf. »Das müsste dann ja in unmittelbarer Nähe des Grundstücks von Jane P. Madisun gewesen sein.«

»Erzähl weiter, Peter!«, wurde Justus ungeduldig.

»Die ausgeschalteten Scheinwerfer hatten mich stutzig gemacht, zumal der SUV in Sichtnähe des Hauses anhielt, in dem sich Ronald momentan aufhält. Und deshalb beschlich mich der Verdacht, dass die beiden Typen, die im Wagen saßen, dasselbe tun wie auch wir: den *lebenden Tresor* beschatten.«

»Und dann?«, fragte Bob ungeduldig.

»Nach etwa einer Minute setzte sich der SUV wieder in Bewegung – diesmal jedoch im Schneckentempo, was mir ebenfalls höchst seltsam erschien. Der Geländewagen kam näher. Um auf Nummer sicher zu gehen, rutschte ich tiefer in den

Fahrersitz, damit mich die beiden Typen beim Vorbeifahren nicht sehen konnten. Kurz darauf konnte ich im Rückspiegel beobachten, wie sich der Wagen auf der anderen Straßenseite, etwa dreißig Meter hinter mir, in eine enge Parklücke manövrierte. Dann stiegen die Typen aus, beide mit dunklen Sonnenbrillen getarnt, überquerten die Straße und gingen zielstrebig in meine Richtung.«

»Oha …«, warf Bob gespannt ein. »Erzähl weiter!«

»Ich bekam echt Panik. Auf alle Fälle durften diese Typen mich nicht entdecken! Ich rutschte vom Sitz und zwängte mich irgendwie zwischen Lenkrad und Pedale, um in Deckung zu gehen. Aber ich hatte Glück.« Peter atmete tief durch. »Die beiden Männer gingen achtlos an meinem MG vorbei und entfernten sich recht zügig.«

»Einen Moment!«, vermeldete Justus entgeistert. »Soll das heißen, dass du einzig und allein aufgrund der geschilderten Begebenheiten Alarm geschlagen hast?« Er fasste sich verstört an den Kopf. »Die Tatsache, dass der Geländewagen mit ausgeschalteten Scheinwerfern vor Mrs Madisuns Haus kurz zum Halten kam, beweist doch noch lange nicht, dass …«

Peter wandte sich zur Seite und bedachte Justus mit einem vorwurfsvollen Blick. »Wie viele Fälle haben die drei ??? bisher schon gelöst? Erfolgreich und vor allem *gemeinsam* gelöst, Erster?«

»Was soll diese Frage?«, blieb Justus perplex der Mund offen stehen. »Ich habe doch nur wissen wollen …«

»… ob ich aufgrund einer Kurzschlusshandlung und daher

vollkommen *unnötig* die Pferde scheu gemacht habe!«, sprach Peter seinen Unmut aus. »Traust du mir das wirklich zu?«

»Dann … kommt also noch was?«, wich Justus verlegen der Frage aus.

»Aber klar doch! Und ihr beiden werdet mir gleich überaus dankbar sein, wenn ihr erfahrt, dass ich unser Detektivteam vor einem großen Fiasko bewahrt habe. Wir standen nämlich dicht davor, uns vor unserer Klientin bis auf die Knochen zu blamieren und uns dazu noch eine große Niederlage einzuhandeln!«

Auf dem Radar

»Da bin ich mal gespannt, Peter«, entgegnete Justus interessiert und ließ das Empfangsgerät nach eingehender Prüfung resigniert in seiner Jackentasche verschwinden. »Nebenbei bemerkt: Es hat tatsächlich an den Batterien gelegen, weshalb der Empfang so abrupt abgerissen ist. Beim nächsten Einkauf werde ich daher auf hochpreisigere Akkus zurückgreifen. So eine Pleite wie heute darf uns nicht noch einmal passieren.«

Bob schmunzelte. »Einsicht ist der erste Schritt zur Besserung, Just!« Dann wurde er wieder ernst. »Aber jetzt mal raus mit der Sprache, Peter: Weshalb hast du vorhin denn Alarm geschlagen?«

»Mir schlug das Herz bis zum Hals, als die beiden Männer näher kamen«, berichtete Peter. »Zuerst hörte ich nur die entfernten Schritte, dann auch ihre Stimmen!«

»Wie jetzt?«, entfuhr es Bob überrascht. »Du konntest ihre Unterhaltung mitverfolgen? Das ist ja der Hammer!«

»Ja, Justus hatte sein Fenster nicht wieder hochgekurbelt,

deswegen konnte ich ziemlich genau hören, was gesagt wurde. Genau genommen hat nur einer der beiden gesprochen«, erklärte Peter. »Was er da in den wenigen Sekunden des Vorbeigehens von sich gegeben hat, hat mir echt die Schuhe ausgezogen! Er sagte: *Das ist garantiert kein harmloses Stelldichein bei einem Glas Tee. Die stecken da beide drin, jede Wette! Und die drei Jungs von heute Mittag haben vermutlich auch etwas damit zu tun. Aber vorerst halten wir die Füße still und checken nur die Lage. Mit etwas Glück können wir die beiden durch das gekippte Fenster da drüben belauschen.*«

Kurz verschlug es Justus die Sprache. Das schlechte Gewissen war ihm deutlich anzusehen. Er strich sich die Haare aus der Stirn und blickte Peter reumütig an.

»Ich muss wohl zurücknehmen, was ich dir vorhin unterstellt habe, Zweiter. Durch dein reaktionsschnelles Handeln hast du uns wahrlich vor einer Katastrophe bewahrt. Nicht auszudenken, wenn uns die beiden Kerle auf dem Grundstück erwischt hätten.«

Peter fühlte sich vollends bestätigt und nickte. »Sie hätten euch garantiert in die Mangel genommen, wobei es vermutlich zu einer lautstarken Auseinandersetzung gekommen wäre. Aufgeschreckt davon wären womöglich dann auch der *lebende Tresor* und diese Frau hinzugekommen, um nach dem Rechten zu sehen.«

»Und offensichtlich haben die beiden Männer uns ja auch auf dem Radar!«, rief Peter seinen Freunden ins Gedächtnis.

Bob runzelte die Stirn. »Aber wie sind die beiden auf uns

aufmerksam geworden? Haben sie uns bei Ronalds Bungalow gesehen? Das würde ja bedeuten, dass die beiden Typen zu diesem Zeitpunkt ebenfalls dort waren und das Grundstück heimlich observierten.«

»Das sieht ganz so aus!«, bestätigte Justus.

»Und wie soll es nun weitergehen?«, fragte Bob in die Runde. Der Erste Detektiv knetete nachdenklich seine Unterlippe. »Um hinter das Geheimnis des *lebenden Tresors* zu kommen, gilt es, dessen Code zu knacken. Wir müssen zunächst herausfinden, was die beiden unbekannten Männer und Mrs Madisun mit Ronald zu tun haben. Mit an Sicherheit grenzender Wahrscheinlichkeit gelangen wir durch sie an die benötigte Kombination, mit der sich der *lebende Tresor* öffnen lässt.«

»Bleibt nur zu hoffen, dass sich diese ganze Geschichte letztendlich nicht doch als ein dramatisches Eifersuchtsgeplänkel entpuppt. Schließlich könnte es sich bei den beiden Typen ja auch um Detektive handeln, die im Auftrag von Mrs Madisun diesen Ronald beschatten. Habt ihr schon mal daran gedacht, Freunde?«, erwiderte Bob.

»Das können wir getrost ausschließen«, winkte Peter gelassen ab. »Das von mir belauschte Gespräch zwischen Ronald und dieser Mrs Madisun machte auf mich alles andere als den Eindruck einer heimlichen Liaison. Ich hatte eher den Eindruck, als würden sich die beiden … gegenseitig bespitzeln.«

»Bespitzeln?«, horchte Justus auf. »Wie meinst du das?«

»Das würde mich jetzt aber auch brennend interessieren!«, legte Bob nach.

Peter kostete die ihm nun zugeteilte Aufmerksamkeit seiner Freunde aus. »Nur Geduld, das werde ich euch gleich alles in der Zentrale erklären.« Er grinste breit. »Das habe ich mir von *dir* abgeschaut, Erster!«

»Also, heraus damit, Peter: Was lässt dich glauben, dass diese Mrs Madisun und Ronald *keine* heimliche Liebesbeziehung führen und sich stattdessen gegenseitig bespitzeln?«, fragte Justus ungeduldig, als sie endlich in der Zentrale saßen.

»Weil sie sich im Verlauf des Gesprächs konsequent gesiezt und auffallend förmlich miteinander gesprochen haben. Zwischen den beiden besteht nicht die geringste Chemie.«

»Und inwiefern haben sich die beiden gegenseitig ausgehorcht?«, wollte Bob wissen.

»Dazu muss ich euch erst mal berichten, weshalb es überhaupt zu diesem ominösen Treffen der beiden gekommen ist.« Peter nippte kurz an seinem Tee. »Ihr habt ja noch mitbekommen, dass sich Ronald von dieser Frau irgendeinen Rat erhoffte, woraufhin diese sich später ihm gegenüber auf ihre Schweigepflicht berief. Trotzdem brachte sie dann ziemlich schnell einige Fakten zur Sprache, die ich mal *so* zusammenfassen möchte: Unsere Klientin Miss Lucy Apple hat vor Kurzem nach einem Unfall eine Amnesie erlitten, die …«

»Eine Amnesie? Eine Gedächtnisstörung, die sich durch eine zeitliche und inhaltliche Beeinträchtigung der Erinnerung bemerkbar macht«, gab der Erste Detektiv ungefragt sein Wissen zum Besten. »Gelegentlich kann sie nach einem Unfall, zum Beispiel einer Gehirnerschütterung, auftreten. Doch so schnell, wie diese Erkrankung auftritt, kann sie auch wieder verschwinden. Allerdings fällt die Zeitspanne bis zur Genesung bei den Betroffenen recht unterschiedlich aus.«

Peter nickte. »So in etwa hat es diese Frau Ronald auch erklärt, nachdem er von ihr wissen wollte, wie lange sich der Zustand seiner Freundin noch hinziehen könne.«

»Habt ihr bei Miss Apple denn irgendwelche Anzeichen einer Amnesie bemerkt?«, fragte Bob skeptisch.

Peter zuckte mit den Schultern. »Ich gebe ja nur wieder, worüber sich die beiden unterhalten haben. Für mich klang das alles recht glaubhaft. Wobei wir nicht vergessen wollen, dass im Laufe unserer Detektivkarriere ja auch *du*, Bob, schon des Öfteren einige unfreiwillige Schläge auf den Schädel einkassieren musstest; mit dem gleichen unangenehmen Nebeneffekt: eingeschränktes Erinnerungsvermögen auf unbestimmte Zeit.«

»Erinnere mich bloß nicht *daran,* Zweiter«, stöhnte Bob auf. »Sonst kriege ich gleich wieder Kopfschmerzen.«

»Ich erwähne es ja nur, weil es dir speziell in *einem* Fall zunächst überhaupt nicht anzumerken war, dass du unter Gedächtnislücken littst. Bei Miss Apple könnte das ähnlich sein.«

»Ich möchte jetzt endlich wieder auf Mrs Madisun und Ronald Fletcher zurückkommen«, entgegnete Justus ungeduldig. »Wie war das jetzt mit der gegenseitigen Bespitzlung, Zweiter?«

Demonstrativ verdrehte Peter die Augen. »Wenn ihr beiden nicht ständig Zwischenfragen stellen würdet, hätte ich diese Info schon längst rausgehauen, Leute!«, ging er in den Verteidigungsmodus.

Bob sandte ihm einen versöhnlichen Luftkuss zu. »Wir sind jetzt mucksmäuschenstill!«

»Ich fühle mich geschmeichelt«, witzelte Peter, wurde aber schnell wieder ernst. »Also hört zu: Nachdem diese Mrs Madisun Ronald erklärt hatte, dass es schwierig sei, eine Prognose zur Dauer von Miss Apples Amnesie zu stellen, fragte sie ihn als Nächstes, ob seine Freundin seit dem Unfall im Schlaf sprechen würde.«

»Wie jetzt?«, fragte Justus irritiert.

»Seine Reaktion darauf war recht seltsam«, fuhr Peter unbeirrt fort. »Denn anstatt ihr eine klare Antwort zu geben, geriet er kurz ins Stammeln und wollte zunächst von ihr wissen, wie sie denn auf *diese* Frage käme. Mrs Madisun faselte daraufhin irgendwas von Impulsen, die das Gehirn in manchen Fällen von Amnesie während des Schlafs an das Sprachzentrum sendet; so ganz habe ich das nicht verstanden. Und dann kam sie noch mal auf ihre erste Frage zurück und meinte, dass es in Miss Apples Fall von großem Nutzen wäre, von Ronald zu erfahren, was seine Partnerin – gesetzt den Fall – während ihres Schlafzustands von sich gibt.«

»Von großem Nutzen wäre?«, hakte Justus nach. »Wozu? Kam das in dem Gespräch noch zur Sprache?«

Peter nickte. »Laut Mrs Madisun ließen sich daraus eventuell Rückschlüsse ziehen, was Miss Apple vor ihrem Unfall widerfahren ist.«

»*Vor* dem Unfall?«, fragte Justus. »Hat sie das so gesagt?«

»Ich bin mir ziemlich sicher. Aber ist das jetzt so wichtig?«, fühlte sich Peter in seinem Redefluss ausgebremst. »Viel interessanter ist, dass Ronald die Antwort auf die Frage, ob Miss Apple im Schlaf sprechen würde, Mrs Madisun schuldig bleiben musste. Er selbst würde nämlich so tief schlafen, dass ihn rein gar nichts wecken könnte. Dann wollte er wiederum aber auch von *ihr* wissen, ob seine Freundin etwas von sich gegeben hätte, während sie bewusstlos in der Notaufnahme der Klinik lag, was sie jedoch verneinte.« Er stand auf, um sich einen Tee zu kochen. »Wisst ihr nun, was ich meine? Das stinkt doch zum Himmel! Die beiden versuchen, etwas von einander in Erfahrung zu bringen, ohne jeweils dabei das Kind direkt beim Namen zu nennen.«

»Wobei die wichtigste Frage lautet: Was könnte Lucy Apple so Interessantes im Schlaf gesagt haben? Und was für eine Ärztin ist diese Mrs Jane P. Madisun wohl?«, überlegte Bob. Er zog sein Handy hervor und tippte mehrmals aufs Display.

»Sehr gut, Bob – du versuchst, mehr über Mrs Madisun herauszufinden!«, lobte Justus und trommelte dabei ungeduldig mit den Fingern auf der Tischplatte herum. »Und wir beide, Peter, sollten herausfinden, wegen was für eines Unfalls Lucy Apple in der Notaufnahme war.«

»Häh …? Das ist ja merkwürdig …« Erneut wischte Bob über das Display. »Wie kann das sein?«

Justus unterbrach die Trommelei und rückte mit dem Stuhl näher an Bob heran. »Was ist denn?«

»Von wegen Ärztin, Freunde ...« Irritiert ließ er das Handy sinken. »Fragt mich jetzt nicht, was das zu bedeuten hat, aber über eine Jane P. Madisun ist im Internet rein gar nichts zu finden. Noch nicht mal in den sozialen Netzwerken.«

»Das ist in der Tat recht seltsam«, stimmte Justus zu. »Doch es gibt noch eine andere Möglichkeit, um mehr über diese Frau in Erfahrung zu bringen, ohne uns dabei verdächtig zu machen.«

»Du denkst dabei an unsere Klientin, richtig?«, mutmaßte Peter und goss seinen Tee auf.

»Du hast es erfasst, Zweiter. Das vereinbarte Telefonat mit Miss Apple steht eh ganz oben auf der Agenda.« Er warf einen prüfenden Blick auf seine Armbanduhr. »Ihr Yoga-Kurs hat bereits vor einer halben Stunde geendet, sodass Ronald und sie inzwischen wieder zu Hause sein müssten.«

»Vorsichtshalber sollten wir ihr aber zunächst nur eine SMS schicken«, empfahl Bob. »Dann kann sie uns zurückrufen, sobald sich ihr eine günstige Gelegenheit bietet.«

In diesem Moment begann Justus' Handy zu vibrieren. Er zog es aus seiner Hosentasche, blickte aufs Display und fuhr überrascht zusammen.

»Kollegen, ein Anruf unserer Klientin! Das nenne ich perfektes Timing!«

Überreaktionen

Bevor der Erste Detektiv den Anruf entgegennahm, drückte er auf die Lautsprechertaste, damit Peter und Bob mithören konnten.

»Guten Abend, Miss Apple! Wir hatten ebenfalls gerade vor, uns bei Ihnen zu melden und …«

»Ich weiß, dass *ich* auf euren Anruf warten sollte«, fiel sie Justus flüsternd ins Wort. »Ronald und ich sind vor ein paar Minuten nach Hause gekommen. Jetzt hat er sich ins Schlafzimmer zurückgezogen, um sich im Fernsehen ein Footballspiel anzusehen. Deshalb wollte ich die günstige Gelegenheit nutzen, mich nach euren Ermittlungsergebnissen zu erkundigen. Und? Wie sieht es aus? Was hat Ronald in der Zwischenzeit getrieben?«

»Ihnen das jetzt alles fernmündlich zu erklären, würde den zeitlichen Rahmen sprengen«, entgegnete Justus knapp. »Deshalb meine Frage an Sie: Wäre es Ihnen morgen Mittag möglich, sich mit uns zu treffen?«

»Mir ist *jeder* Zeitpunkt recht«, zischte sie nervös. »Je eher, desto besser! Kennt ihr *Suzi's Kitchen*? Ein Sushi-Imbiss, direkt neben Mandys Friseursalon. Ein idealer Ort, um bei einem kleinen Snack alles zu besprechen. Morgen Mittag um zwölf Uhr?«

Die drei Detektive tauschten kurze Blicke aus und nickten.

»Einverstanden, Miss«, willigte Justus ein. Die Aussicht auf Sushi ließ ihm schon jetzt das Wasser im Mund zusammenlaufen.

»Der Fall wirft zunehmend weitere Fragen auf, so viel können wir Ihnen jetzt schon sagen. Alles andere erörtern wir morgen gemeinsam.«

»Ich brenne darauf! Aber bevor du jetzt auflegst, musst du mir zumindest eins verraten ...« Sie atmete tief durch. »Ist da eine andere Frau im Spiel?«

Justus zögerte. »Ich möchte es mal *so* ausdrücken: Nach dem Stand der derzeitigen Ermittlungsergebnisse ist unsere Sonderklausel, die wir mit Ihnen vereinbart haben, hinfällig geworden. Woraus sich ergibt, dass wir in diesem Fall ein heimliches Liebesverhältnis mit an Sicherheit grenzender Wahrscheinlichkeit ausschließen können.«

»Zumindest schon mal *eine* Sorge weniger ...«, stieß sie erleichtert aus. »Was die Sache aber vermutlich nicht einfacher macht, oder?«

»Das wird sich zeigen«, ließ Justus vorerst im Raum stehen. »*Zwei* Fragen hätte aber auch ich noch.«

»Und die wären?«

»Zum einen: Sagt Ihnen der Name Jane P. Madisun etwas?«

Diese Frage schien Miss Apple wie ein Blitz aus heiterem Himmel zu treffen, denn es dauerte einige Sekunden, bis sie Justus darauf eine Antwort gab.

»Ich kenne diese Person …«, sagte sie schließlich in einem Tonfall, dem eine deutliche Verunsicherung zu entnehmen war.

»Und die zweite Frage?«

»Unsere Ermittlungen haben ergeben, dass Sie vor Kurzem einen Unfall erlitten haben, woraufhin Sie …«

»Doch darf ich dich zitieren, Justus?«, fiel die Klientin ihm plötzlich ins Wort. »*Das jetzt alles fernmündlich zu erklären, würde den zeitlichen Rahmen sprengen.* – Ich werde morgen pünktlich um zwölf Uhr in *Suzi's Kitchen* sein. Euch noch einen angenehmen Restabend.«

Aus dem Handylautsprecher ertönte ein kurzes Knacken. Abrupt hatte Miss Apple das Telefonat beendet.

»Na, so was …«, urteilte Bob verblüfft, nachdem Justus das Handy auf den Tisch gelegt hatte. »Habt ihr mit solch einer merkwürdigen Reaktion gerechnet? Als du auf Mrs Madisun zu sprechen kamst, Erster, schienst du sie damit ziemlich heftig getriggert zu haben.«

»Und nicht nur das!«, vermeldete Peter spitzfindig. »Deine Bemerkung mit ihrem Unfall scheint ihr ebenfalls übel aufgestoßen zu sein. Aber weshalb hat sie deine beiden Fragen so plump abgewürgt? Könnt ihr euch einen Reim darauf machen?«

»Zum gegenwärtigen Zeitpunkt zumindest keinen plausiblen«, musste Justus eingestehen. »Dennoch diktiert mir die Logik, dass Mrs Madisun eine nicht unwesentliche Rolle bezüglich Miss Apples Unfall und der anschließenden Behandlung spielt.«

»Worüber wir vorerst aber nur spekulieren können.«

»Das ist wohl wahr, Bob.« Justus erhob sich vom Stuhl und begann, in der engen Zentrale unruhig auf und ab zu gehen. »Morgen muss unsere Klientin die Karten auf den Tisch legen. *Sie* hegt schließlich größtes Interesse daran, dass sich die ganze Sache schnellstmöglich aufklärt.«

Peter rieb sich die Hände. »Bleibt nur zu hoffen, dass uns ihre Amnesie da keinen Strich durch die Rechnung macht.«

»Du wirst es wohl nur aus zweiter Hand erfahren, Peter. Denn du musst morgen einen anderen Part übernehmen«, verkündete Justus.

»Wie jetzt?«, glaubte Peter seinen Ohren nicht zu trauen. »Schon wieder? Ich musste doch schon vorhin im MG ausharren, während Bob und du …«

»Es wird uns in diesem Fall leider nichts anderes übrig bleiben, als vorerst weiterhin zwei- und gelegentlich auch dreigleisig zu agieren«, legte Justus seinen beiden Freunden nah. »Dazu sind einfach zu viele Verdächtige im Spiel. Allen voran noch immer der *lebende Tresor*, und nun auch noch dessen zwei Beschatter.«

»Na toll«, stellte Peter seinen Missmut mit einer entsprechenden Grimasse zur Schau. »Und *welchen* Part hast du mir morgen nun zugedacht, Erster?«

»Du wirst dich weiterhin an Ronalds Fersen heften. Bob benötige ich notgedrungen als Fahrer, falls nach unserem Treffen mit Miss Apple aus bisher noch nicht vorhersehbaren Anlässen anderweitige Touren anstehen.«

»Okay … das sehe ich ein«, gab sich Peter schmollend geschlagen. »Aber bei der nächsten Aktion übernehme *ich* die Aufgabenverteilung, darauf kannst du dich verlassen!«

Chloroform

Am nächsten Morgen sandte Justus in aller Frühe eine SMS an Miss Apple. Sie mussten wissen, wann der *lebende Tresor* heute den Bungalow verlassen würde, damit Peter sich entsprechend in Position bringen konnte.

Die Antwort darauf erhielt Justus bereits wenige Minuten später; ebenfalls per SMS:

SONNTAGS FRÜHSTÜCKEN RONALD UND ICH ERST UM ZEHN UHR. ICH HABE IHM GESAGT, DASS ICH MICH MIT MANDY UM 12 IM MUSEUM TREFFE. (DARÜBER IST SIE INFORMIERT!!!) RONALD WILL DANN (ANGEBLICH!) DIE GARAGE AUFRÄUMEN. REICHT ALSO, WENN PETER AB HALB 12 VOR ORT IST. DANN BRECHE AUCH ICH ZU SUZI'S KITCHEN AUF!

Drei Stunden später saß der Zweite Detektiv alles andere als begeistert in seinem MG auf dem Weg nach Santa Monica.

An diesem Sonntagvormittag hielt sich der sonst so dichte

Straßenverkehr in Grenzen, sodass Peter bereits fünfzehn Minuten vor der vereinbarten Zeit am Zielort eintraf. Seine Laune war noch immer ziemlich im Keller. Zumindest war das Glück auf seiner Seite, was die freien Parkplätze betraf. In unmittelbarer Nähe des Bungalows fand er eine geeignete Lücke, von der aus er das Grundstück von Miss Apple und ihrem Freund Ronald gut im Auge behalten konnte.

Nachdem Peter den Motor ausgeschaltet hatte, brachte er den Fahrersitz in eine bequemere Position und streckte die Beine weit von sich. Er stellte sich auf eine schier unerträgliche Wartezeit ein. Die Langeweile machte sich bei ihm schon jetzt bemerkbar. Hoffentlich würde Ronald nicht wirklich nur die Garage aufräumen, dachte er frustriert und gähnte.

Nach einigen Minuten tat sich zumindest etwas, was Peter jedoch eh schon wusste. Er konnte mitverfolgen, wie Miss Apple aus dem Bungalow hinaustrat, das Garagentor öffnete, in den Buick stieg und kurz darauf mit dem Wagen Richtung *Suzi's Kitchen* davonfuhr.

»Schön zum Sushi-Essen mit Justus und Bob!«, grummelte der Zweite Detektiv erbost. »Obwohl sie vermutlich eben erst ordentlich gefrühstückt hat!«

In diesem Moment wurde von außen die Fahrertür des MGs aufgerissen. Entsetzt fuhr Peter herum. Vor ihm auf dem Bürgersteig hatte sich eine dunkle Gestalt aufgebaut, deren Gesicht mit einer Sonnenbrille getarnt war. Dem Zweiten Detektiv blieb keine Zeit zu reagieren. Eine Hand schoss auf ihn zu und presste ihm einen feuchten, übel riechenden Lappen aufs Gesicht.

»Chloroform!«, schlug Peters innere Stimme Alarm.

In seinem Kopf begann es zu dröhnen. Gleißend grelle Sterne blitzten auf und der Schweiß trat ihm aus allen Poren. Dann wurde alles um ihn herum schwarz …

Für Justus und Bob war es das erste Mal, dass sie *Suzi's Kitchen* einen Besuch abstatteten. Als sie den Sushi-Imbiss betraten, entdeckten sie Miss Apple sofort. Sie saß an einem der hinteren Tische und winkte die zwei Detektive zu sich.

»Ich war so frei und habe uns bereits eine Karaffe Eiswasser und eine gemischte Sushi-Platte bestellt, damit wir gar nicht erst viel Zeit verlieren«, setzte sie zur Begrüßung an. »In wenigen Minuten wird serviert. Ich hoffe, das war in eurem Sinne!«

Begeistert streckten die beiden ihren Daumen in die Höhe und setzten sich zu ihrer Klientin.

»Wie ihr euch sicher denken könnt, war ich nach unserem gestrigen Telefonat so aufgewühlt, dass ich in der Nacht kaum ein Auge schließen konnte«, kam sie ohne Umschweife zur Sache. »Aber nun können wir ja über alles ausführlich sprechen.«

Darum ließ sich auch der Erste Detektiv nicht lange bitten. Er übernahm es, Miss Apple in allen Einzelheiten zu schildern, was sich am vergangenen Abend ereignet hatte.

Während seiner Berichterstattung wich der Klientin sämtliche Farbe aus dem Gesicht. Als Justus schließlich zum Ende gekommen war, blickte sie die Jungen bestürzt an.

»Ihnen ist deutlich anzusehen, Miss, dass diese Vorkommnisse Sie zu verstören scheinen«, gab Justus ihr zu verstehen. »Daher wird es Sie wohl nicht sonderlich überraschen, dass wir uns jetzt in einigen Punkten Klarheit verschaffen müssen, und dazu bedarf es unbedingt Ihrer Mithilfe.«

Miss Apple zupfte angespannt an ihrer Perlenkette. »Ich habe schon verstanden. Mir war bereits während unseres gestrigen Telefonats bewusst, dass ich euch über Mrs Madisun und die mit ihr in Zusammenhang stehenden Ereignisse aufklären muss.« Sie legte ihre Hände aneinander und blickte die Jungen fragend an.

»Warum wollen Ronald und Mrs Madisun jeweils voneinander wissen, ob Sie, Miss, während Ihrer Bewusstlosigkeit oder später im Schlaf gesprochen haben, und wenn ja, was. Fällt Ihnen irgendwas dazu ein?«

»Ich kann mir darauf nicht den geringsten Reim machen, Justus«, erwiderte sie mit einem Kopfschütteln. »Wobei da gerade etwas bei mir klingelt …«

»Etwas klingelt?«, horchte Bob interessiert auf. »Wie meinen Sie das?«

»Als ich nach meinem Unfall in den Santa Monica Mountains in der Notaufnahme des *Saint John's Health Centers* aus der Bewusstlosigkeit erwachte, stellte mir eine Frau recht merkwürdige Fragen …«, rief sich Miss Apple ins Gedächtnis zurück. »Fragen, die mich jetzt in große Unruhe versetzen …«

Der Erste Detektiv spürte, wie sich seine Nackenhaare aufrichteten. »Was für eine Frau, Miss Apple? Und was wollte sie von Ihnen wissen?«

Doch bevor Lucy Apple darauf antworten konnte, trat eine Kellnerin an den Tisch heran und servierte den dreien mit einem übertrieben strahlenden Lächeln die bestellte Sushi-Platte nebst Stäbchen, Tellern und Servietten.

»Langt erst mal *ihr* zu, Jungs!«, verkündetet Miss Apple. »Das schlägt mir gerade alles gehörig auf den Magen; da kriege ich keinen Bissen runter. Aber während ihr esst, berichte ich weiter.«

Das ließen sich die beiden nicht zweimal sagen und griffen eifrig zu.

»Um auf deine Frage zurückzukommen, Justus«, fuhr Miss Apple unterdessen fort. »Als ich in der Notaufnahme wieder zu Bewusstsein kam, brummte mir zunächst gehörig der Schädel. Alles um mich herum wirkte wie verschwommen. Doch zum Glück legte sich das nach wenigen Minuten. Ich lag auf einer Bahre, und außer mir befand sich nur eine Krankenschwester im Raum. Als sie feststellte, dass ich ansprechbar war, klärte sie mich zunächst darüber auf, dass mich ein Ehepaar während einer Wanderung in den Santa Monica Mountains bewusstlos neben einem Felsen liegend aufgefunden habe. Eine heftige Platzwunde zierte meine Stirn. Die beiden verständigten sofort einen Rettungsdienst, der mich auf direktem Weg ins Krankenhaus einlieferte.« Sie nippte kurz an ihrem Eiswasser. »Ich schildere euch das nur vorweg, damit ihr euch ein genaues Bild von der Situation machen könnt.«

»Jedes kleinste Detail kann von großer Wichtigkeit sein. Erzählen Sie weiter!«, forderte Bob sie auf und nahm sich noch weitere Sushis von der Platte.

Miss Apple rang sich ein gequältes Lächeln ab. »Nachdem mich die Schwester mit diesen Infos versorgt hatte, wollte sie von mir wissen, ob ich mich daran erinnern könne, wie es zu diesem Unfall gekommen sei. Aufgrund meiner Platzwunde ging sie von einem heftigen Sturz aus …« Sie hielt kurz inne, schob eine Strähne ihres Ponys beiseite und griff sich an die Narbe auf ihrer Stirn. »Ich wollte ihr diese Frage beantworten, doch da war – NICHTS! … Es fühlte sich in meinem Kopf so an, als seien im Gehirn einige Daten gelöscht. Die Erinnerungen, wie es zu dem vermutlichen Sturz gekommen sein könnte, hatten sich schier in Luft aufgelöst. Doch nicht nur die …« Sie schenkte sich ein weiteres Glas Wasser ein und setzte es an die trockenen Lippen. »Ohne die Information der Krankenschwester, dass man mich in den Santa Monica Mountains gefunden habe, hätte ich im Nachhinein selbst das nicht mehr gewusst, geschweige denn, wie ich überhaupt dorthin gekommen war. Als mir das klar wurde, begann mir gehörig das Hemd zu flattern, das könnt ihr mir glauben …«

»Ich habe schon mehrfach einen Schlag auf den Kopf mit anschließendem Gedächtnisverlust erleiden müssen«, ließ Bob Miss Apple kurz wissen. »Daher kann ich Ihnen aus eigener Erfahrung sagen, dass mein Erinnerungsvermögen in beiden Fällen recht schnell wieder zurückgekehrt ist.«

»Das ist lieb, dass du mir Hoffnung machst«, wusste sie Bobs Anmerkung zu schätzen. »Mit ähnlichen Worten hat auch die Krankenschwester versucht, mich zu beruhigen, nachdem ich sie über meine Gedächtnislücken in Kenntnis gesetzt hatte.«

Argwöhnisch hob sie die Augenbrauen. »Doch dann blickte sie sich plötzlich suchend in dem Raum um, stutzte und fragte mich völlig aus dem Zusammenhang gerissen, ob ich eventuell irgendetwas vermissen würde.«

»Etwas vermissen?«, wunderte sich der Erste Detektiv. »Inwiefern?«

»*Außer einigen Erinnerungen eigentlich nichts*, entgegnete ich halb im Scherz und hakte dann natürlich nach, wie ich diese Frage deuten solle«, fuhr Miss Apple fort. »*Nun ja …*, gab sie mir darauf zu verstehen, m*ir ist gerade aufgefallen, dass Sie so gar nichts dabeihaben. So, wie Sie sind, wurden Sie von den Sanitätern hier eingeliefert. Normalerweise hat man doch zumindest ein Handy bei sich. Aber Ihr Sommerkleid hat keine Taschen. Haben Sie sonst eine Handtasche bei sich? Irgendein Behältnis für die nötigsten Gegenstände wie Ihren Haus- und Wagenschlüssel? Wenn dem so wäre, läge ja die Vermutung nahe, dass sich die Tasche womöglich noch in der Nähe der Unfallstelle befindet. Um sicherzugehen, werde ich die Sanitäter veranlassen, noch einmal dort nachzusehen.*«

»An und für sich ein kluger Gedanke«, fand Justus und schnappte darauf Bob das letzte Stück Sushi vor der Nase weg. »Haben die Sanitäter im Nachhinein denn an der Unfallstelle eine Tasche gefunden?«

»Nein, das konnten sie auch nicht, denn ich weiß ganz sicher, dass ich keine Handtasche bei mir hatte«, entgegnete Miss Apple. »Ich trug nämlich mein Schlüsselband um den Hals. Das hänge ich grundsätzlich nur um, wenn ich einen Entspannungsgang durch die Natur mache; ohne Handy, Handtasche oder sonstiges lästiges Beiwerk. Ich brauche das hin und wieder, um nach manch stressigem Arbeitstag in der Firma wieder runterzukommen. Und wie ihr wisst, kann ich mich immer auf meinen Instinkt verlassen. Nachdem mich ein Arzt gründlich durchgecheckt hatte und *keine* Gehirnerschütterung feststellen konnte, holte mich Ronald aus der Klinik ab und fuhr mich nach Hause. Dreimal dürft ihr nun raten, was dort im Wohnzimmer auf der Couch lag.«

Nachdenklich begann der Erste Detektiv seine Unterlippe zu kneten, worauf Bob verwundert die Augen verdrehte.

»Mensch, Just, du bist doch sonst immer so helle! Natürlich die Handtasche!«

»Davon ist auszugehen …«, murmelte dieser leise und wandte sich dann der Klientin zu. »Und jetzt begreife ich auch, weshalb Sie die Frage nach Ihrer Tasche, die Ihnen die Krankenschwester stellte, plötzlich so in Unruhe versetzte, Miss. Die Krankenschwester ist Mrs Jane P. Madisun, richtig?«

Miss Apple nickte. »Du hast es erfasst. *J.P. Madisun*, stand auf dem Namensschild ihres Kittels. Das hatte ich fast schon wieder vergessen. Aber als du dich am Ende unseres gestrigen Telefonats explizit bei mir nach diesem Namen erkundigt hast, hatte ich ihn sofort wieder auf dem Schirm. Ich war natürlich total verunsichert, weshalb du ausgerechnet auf *diese* Person zu sprechen kamst, Justus, denn schließlich hatte ich euch von dem Unfall ja noch gar nicht erzählt.«

»Diese Tatsache hat uns bereits gestern Abend stutzig gemacht, als Peter uns das Gespräch zwischen Ronald und Mrs Madisun wiedergab«, entgegnete der Erste Detektiv geradeheraus. »Gab es für Sie einen speziellen Grund, uns nichts von dem Unfall zu erzählen?«

Miss Apple zuckte kurz zusammen. »Ja – und zwar einen ganz einfachen!« Es klang fast so, als ob sie sich gegenüber den zwei Detektiven zu rechtfertigen versuchte. »Mein Sturz in den Bergen ereignete sich vor zehn Tagen. Ich betrachtete die ganze Sache als eine reine Bagatelle, zumal ich ja auch keine Gehirnerschütterung oder sonstigen Verletzungen erlitten hatte. Weshalb hätte ich euch also unnötig damit behelligen sollen?«

Justus haderte einen Moment mit sich. Doch dann setzte er auf volle Offenheit. »Bitte nehmen Sie es mir nicht übel, Miss, aber für mich klingt diese Erklärung nicht plausibel.«

»Was willst du damit sagen?« Sichtlich verlegen zupfte sie an ihrer Perlenkette.

»Es scheint mir eher so, als hätten Sie uns Ihren Unfall *absichtlich* verschwiegen. Hatten Sie vielleicht die Befürchtung, dass wir aufgrund Ihrer Gedächtnislücken den Fall als reine Fantasterei abtun und daher ablehnen könnten?«

»Nun ja …«, antwortete Miss Apple zögernd. »Vermutlich wird auch dieser Punkt etwas zu meinem Entschluss beigetragen haben. Es war ja ohnehin nicht einfach, euch für diesen Auftrag zu gewinnen.«

Bob wischte sich mit der Serviette die Sojasoße aus den Mundwinkeln und atmete erleichtert auf. »Wo wir auch das nun geklärt haben, möchte ich jetzt endlich wissen, was Sie an den Fragen, Miss, die Mrs Madisun in der Notaufnahme an Sie gerichtet hat, im Nachhinein so in Unruhe versetzt?«

»*Mich* im Übrigen auch«, ließ Justus kryptisch verlauten. »Ronald und Mrs Madisun sind ziemlich erpicht darauf, zu erfahren, ob Sie, Miss Apple, während Ihrer Bewusstlosigkeit oder später im Schlaf gesprochen haben. Ich hege nun den Verdacht, dass dies in beiden Fällen *tatsächlich* der Fall gewesen ist. Irgendeine Äußerung, vielleicht auch einzelne Worte ohne jeglichen Zusammenhang oder sogar ein spezieller Hinweis muss Ihnen, Miss Apple, unterbewusst über die Lippen gekommen sein. Das hat Ronald und Mrs Madisun unabhängig voneinander dazu veranlasst, der Sache *ohne* Ihr Wissen näher auf den Grund zu gehen.«

»Oha!« Bob blies die Wangen auf und stieß einen prustenden Laut aus. »Ganz schön konfus. Gibt es irgendein Indiz dafür, dass unsere Klientin tatsächlich unterbewusst etwas vor sich hin gebrabbelt hat?«

Miss Apples Hände begannen, unkontrolliert zu zittern.

»Allerdings!«, vermeldete Justus triumphierend, wobei seine Augen anfingen zu glitzern. »Ronald sowie auch Mrs Madisun haben unabhängig voneinander versucht, von Miss Apple etwas über denselben Gegenstand in Erfahrung zu bringen.«

»Wie jetzt?« Bob stand völlig auf dem Schlauch.

»Eine Tasche«, entgegnete Justus knapp.

Miss Apple schloss ihre Augen und nickte zustimmend. »Chapeau, Justus, du hast es erfasst.«

»Eine Tasche, okay … Danach hat sich Mrs Madisun bei

Ihnen erkundigt«, konnte Bob nachvollziehen. »Doch wie war das in Ronalds Fall? Und wieso weißt *du* etwas darüber, Justus, was ich *nicht* weiß?«

»Das entspricht nicht *ganz* den Tatsachen«, korrigierte ihn der Erste Detektiv mit erhobenem Zeigefinger. »Denn wenn du dich auf unser Eingangsgespräch mit Miss Apple auf dem Schrottplatz besinnst, sollte dir nicht entgangen sein, dass unsere Klientin ...«

»Jetzt hab ich's!«, schoss es aus Bob hervor. »Es war mir nicht entgangen, nur entfallen, Erster: Ronald hat sich bei Ihnen, Miss, ebenfalls nach einer Tasche erkundigt; genauer gesagt, nach einer Sporttasche, die er seit einigen Tagen vermisst, richtig?«

»Exakt«, bestätigte sie. »Sowie nach seinem schwarzen Trainingsanzug, der sich angeblich darin befindet.«

»Wobei ich hervorheben möchte, dass es bei den Fragen von Ronald und Mrs Madisun unabhängig voneinander jeweils um eine *vermisste* Tasche ging.« Justus schlug erregt die Hände zusammen. »Irgendetwas, das Ihnen kurz vor Ihrem Sturz widerfahren ist, werden Sie den beiden gegenüber unterbewusst geäußert haben, wobei es wohl vornehmlich um irgendeine Tasche ging.«

»Und woraus geht hervor, dass es sich dabei um ein Erlebnis *kurz* vor meinem Unfall handelt?«

»Aus einer Bemerkung die Mrs Madisun gestern Abend fallen ließ«, untermauerte der Erste Detektiv seine These. »Sie erklärte Ronald, dass – falls Sie im Schlaf etwas äußern sollten – sich eventuell Rückschlüsse daraus ziehen ließen, was Ihnen *vor* dem Unfall widerfahren ist.«

»Weshalb sollte das für sie als Krankenschwester *überhaupt* von Interesse sein?«, zog Miss Apple in Zweifel.

»Zumindest erklärt sich jetzt, weshalb wir im Internet nicht das Geringste über Mrs Madisun herausfinden konnten. Ihre Berufssparte scheint den meisten Krankenhäusern und Arztpraxen, aus welch niedrigen Beweggründen auch immer, nicht erwähnenswert zu sein«, merkte Bob kritisch an. »Wobei mir gerade auffällt, dass auch wir Sie, Miss, noch gar nicht nach Ihrem Beruf gefragt haben.«

Miss Apple entgegnete mit einer abfälligen Handbewegung: »Ebenso nicht groß erwähnenswert. Ich bin bei der *Guardian Angel* als Sekretärin angestellt. Einer Versicherungsgesellschaft, die so ziemlich alles abdeckt, wogegen man sich versichern kann. Leider mache ich diesen Job schon viel zu lang. Es wird endlich Zeit, mich nach etwas anderem umzuhören. Aber zum Glück bin ich aufgrund meines Unfalls noch weitere zwei Wochen krankgeschrieben.«

»Und welcher Arbeit geht Ronald nach?«, fragte Justus interessiert.

»Er selbst bezeichnet sich als ›Freizeitkünstler‹, wobei es ihm mit diversen Gelegenheitsjobs tatsächlich gelingt, sich finanziell so einigermaßen über Wasser zu halten. Aber er ist durch und durch ein Optimist und der festen Überzeugung, eines Tages den ganz großen Wurf zu landen; wodurch und womit auch immer. Doch ich denke, wir kommen vom Thema ab«, schwenkte sie abrupt um. »Wie werdet ihr nun weiter vorgehen, Jungs?«

Der Erste Detektiv geriet sichtlich ins Hadern. »In mir schlummerte vorhin die vage Hoffnung, dass das Schlüsselwort Tasche irgendetwas in Ihrem Kopf auslösen könnte, was Ihrem fehlenden Erinnerungsvermögen womöglich wieder auf die Sprünge hilft … Doch darauf können wir wohl vorerst nicht bauen, oder?«

»Schön wär's ja«, musste Miss Apple sich und den Jungen eingestehen. »Aber da befindet sich nach wie vor ein großes Loch. Ich habe mit Ronald und meiner Freundin Mandy rekonstruieren können, dass mir ein kompletter Tag abhandengekommen sind. Ein *ganzer* Tag, der sich in meinem Hirn nicht mehr abrufen lässt! Aber die Ärzte meinen, ich müsse mich in Geduld üben.«

»So lange werden *wir* nicht warten«, garantierte Justus Miss Apple. »Es gibt noch andere Wege, diesen Fall zu lösen. Wichtig erscheint mir auch, dass wir gemeinsam mit Ihnen die Stelle aufsuchen, an der Sie gefunden wurden. Das könnte uns neue Erkenntnisse bringen.«

»Erkenntnisse?« Sie pustete gegen ihren langen Pony. »In welche Richtung denn? Und außerdem müsste ich über die genaue Unfallstelle erst mal Erkundigungen einholen. Bisher wurde mir nämlich nur vage mitgeteilt, wo ich nach dem Sturz aufgefunden wurde. Und Ronald hat mir diesen Vorschlag auch schon gemacht«, ließ Miss Apple die zwei Detektive wissen. Zwischen ihren Augen bildete sich eine tiefe Zornesfalte. »Aber wohl nur als Mittel zu seinem eigenen Zweck! Was hat er vor? Ich traue ihm nun überhaupt nicht mehr über den Weg!«

Justus legte besänftigend seine Hand auf ihre Schulter. »Es gibt keinen Anlass zur Panik, Miss. Seien Sie sich gewiss: Die drei Detektive werden den Code des *lebenden Tresors* entschlüsseln. Schließlich haben wir bisher *jeden* Fall gelöst!«

Gefangen

Als Peter aus seiner Ohnmacht erwachte, umgab ihn tiefste Finsternis. Er hatte jegliches Gefühl für Zeit und Raum verloren.

Wo befand er sich? Vorsichtig tastete er mit seinen Fingerkuppen den harten Boden ab, auf dem er rücklings lag. Glatt und aus Stein, vermutlich Beton. Aber wie war er hierhergelangt?

Schwerfällig richtete er seinen Oberkörper auf und begab sich zunächst in Sitzposition, um seine Gedanken zu sammeln.

Langsam, wie durch eine dichte Nebelwand, kehrten die Erinnerungen zurück …

Die Beschattung … Er allein im MG … In Sichtweite des Bungalows von Mrs Apple und ihrem Freund Ronald … Plötzlich wurde die Fahrertür aufgerissen … ein stinkender Lappen auf sein Gesicht gepresst!

Und dann kam ihm die Erkenntnis.

Eine Entführung! Jemand hat mich betäubt und dann in diesen Raum verschleppt!

Peters Puls beschleunigte sich. Die vollkommene Dunkelheit machte ihn total konfus. Doch dann besann er sich auf sein Handy mit integrierter Taschenlampe. Reflexartig griff er in die rechte Tasche seiner Jogginghose … und stutzte. Kein Handy. Vermutlich in der linken Tasche. Aber darin ertastete er nur seinen Schlüsselbund. *Logisch!,* schlussfolgerte der Zweite Detektiv niedergeschlagen. Die Person, der er diesen Aufenthaltsort zu verdanken hatte, war natürlich so clever gewesen, ihm zuvor das Handy abzunehmen, damit er keine Hilfe herbeirufen konnte. Er stieß einen verärgerten Laut aus.

In diesem Moment vernahm er aus der Dunkelheit ein eigenartiges Geräusch. Ein kurzes metallisches Klicken, gefolgt von einem leisen Rascheln. Erschrocken fuhr er zusammen und hielt gespannt den Atem an …

Plötzliche Stille. Nichts.

Da – wieder!

Es raschelte und klickte … Die Geräuschquelle befand sich nicht weit von ihm entfernt in diesem Raum!

Dann ertönte ein leises Stöhnen.

»Wo … wo bin ich?«

Eine Frauenstimme. Peter atmete erleichtert auf und gab sich sogleich zu erkennen. »Sie sind nicht allein, Madam. Man hat mich betäubt und hierher verschleppt. Ich weiß nicht, wer, wieso und weshalb, aber anscheinend teilen wir dasselbe Schicksal.«

»Das kannst du wohl laut sagen.«

»Besser nicht«, riet Peter zur Vorsicht. »Wir wurden mit Sicherheit nicht aus Jux und Tollerei an diesen Ort gebracht und werden vermutlich schon bald Besuch bekommen, der uns sagt, weshalb wir hier sind.«

»Zumindest beruhigt es mich, dass ich hier nicht allein bin.«

Peter hörte, dass sich die Frau ebenfalls in eine Sitzposition aufrichtete. »Ich hatte mein Haus verlassen und wollte gerade in den Wagen steigen, als ich hinter mir Schritte hörte. Es ging alles so schnell. Ich kam nicht mal dazu, mich umzudrehen. Ich wurde gepackt, eine Hand presste sich auf mein Gesicht, und von da an weiß ich nichts mehr …«

»Vermutlich hat man Ihnen Ihr Handy *auch* abgenommen, oder?«, fragte Peter, obwohl er sich die Antwort darauf bereits denken konnte.

»Das müsste sich in meiner Handtasche befinden. Warte …« Sie tastete die nähere Umgebung des Bodens ab. »Vergiss es, die Tasche ist weg! War ja klar.«

»Okay«, resümierte Peter und richtete sich auf. »Dann steht als Nächstes die Suche nach einer Fluchtmöglichkeit an. Vorzugsweise eine Tür oder ein Fenster, wobei ich aufgrund der vorherrschenden Dunkelheit auf Ersteres tippe. Dem Anschein nach befinden wir uns in einem fensterlosen Keller.«

Mit ausgestreckten Armen setzte er sich in Bewegung und ging Schritt für Schritt behutsam vorwärts. Nach etwa vier Metern stieß er auf eine Wand, drückte seine Handflächen dagegen und begann, nach links gehend, das Mauerwerk in Brusthöhe Stück für Stück abzutasten.

»Und? Wie sieht es aus?«, zog die Frau ungeduldig Erkundigungen ein. »Schon was gefunden?«

Mit einem Mal überkam Peter das seltsame Gefühl, eine Art Déjà-vu zu haben. Irgendwoher kannte er die Stimme dieser Frau. Er hatte sie zuvor schon einmal gehört … Nur wann und wo?

»Ich verstehe das alles nicht!«, rief sie aufgebracht und schnappte kurzatmig nach Luft. »Diese Entführung ergibt doch überhaupt keinen Sinn! Ich bin weder besonders reich, noch kenne ich jemanden in meinem Umfeld, der dazu bereit oder in der Lage wäre, für meine Freilassung auch nur hundert Dollar auszuspucken.«

Plötzlich durchfuhr es Peter wie ein heftiger Stromschlag! Eine Eingebung – von einer Sekunde zur nächsten: die Stimme aus dem Lautsprecher des Empfangsgeräts während seiner Lauschaktion in der Pearlstreet … Die Frau, mit der er sich nun in diesem Raum befand, war zweifellos Mrs Jane P. Madisun!

Peter überlegte fieberhaft, ob er ihr gegenüber sein Wissen preisgeben sollte. Womöglich ließen sich dadurch neue Erkenntnisse für weitere Ermittlungen gewinnen. Doch ehe er diese Entscheidung weiter abwägen konnte, waren aus der Ferne nahende Schritte zu hören.

Der Zweite Detektiv reagierte geistesgegenwärtig. »Da kommt jemand!«, zischte er Mrs Madisun zu und huschte zurück in die Mitte des Raumes. »Wir müssen Zeit gewinnen! Hinlegen und so tun, als wären wir noch bewusstlos!«

Ohne Widerrede folgte sie der Anweisung und rollte sich, ebenso wie Peter, gerade noch rechtzeitig zu Boden. Denn just in diesem Moment wurde ein Schlüssel im Schloss herumgedreht, eine Tür schwang auf und jemand betrat den Raum.

Dem Zweiten Detektiv und Mrs Madisun schlug das Herz bis zum Hals, und Peter hoffte inbrünstig, dass auch in seiner Leidensgenossin schauspielerische Qualitäten steckten.

Durch die geschlossenen Augenlider registrierte Peter, wie ein Lichtkegel auf sie gerichtet wurde. Dicht vor ihnen kamen die nahenden Schritte zum Stehen.

»He, aufwachen!«, schnauzte eine dunkle Männerstimme. »Jetzt ist Klartext angesagt!«

Regungslos verharrten Peter und Mrs Madisun auf dem Boden.

»Die pennen wohl noch«, ließ ein weiterer Mann verlauten.

»Bist du dir sicher?«

Unverhofft traf Peter der Stoß einer Schuhspitze in die Seite.

Dennoch zeigte er keinerlei Reaktion und mimte weiterhin den Ohnmächtigen.

»O Mann, hoffentlich haben wir denen keine *zu* heftige Dröhnung verpasst. Du meintest doch, dass die maximal 'ne Stunde anhält. Das wird dem Chef *gar* nicht gefallen. Was machen wir jetzt?«

»Das soll *er* entscheiden. Ich muss ihn eh anrufen. Die nächste Zahlung ist längst überfällig. Ich komme mir schon fast wie ein Bittsteller vor, aber verarschen lassen wir uns nicht!«

»Dann komm.«

Die beiden Männer verließen den Raum und verschlossen die Tür hinter sich.

Mrs Madisun stieß einen verängstigten Laut aus. »Ich wäre fast gestorben vor Angst«, flüsterte sie tonlos. »Darf ich mich wieder bewegen?«

»Bewegen schon, aber nicht reden!«, zischte ihr Peter zu. Er richtete sich auf und schlich in die Richtung, aus der er das Klappen der Tür vernommen hatte. Schnell ertasteten seine Finger den Knauf einer Stahltür. Davor blieb er stehen, presste sein Ohr dagegen und lauschte angestrengt in die Stille.

Alibi-Selfie

»Schalte aber auf Lautsprecher, damit ich mithören kann«, drang es kurz darauf durch die Tür. »Ich lasse mich von dem alten Gierlappen nur ungern aufs Kreuz legen.«

Peter triumphierte. Die beiden Männer hatten offensichtlich vor, das geplante Telefonat mit ihrem Chef in dem Raum zu führen, der sich direkt hinter der Tür befand.

Aus einem Handy ertönte ein mehrmaliges Tuten, dann knackte es.

»Na endlich!«, meldete sich der Teilnehmer am anderen Ende der Leitung. Sein gereizter Tonfall ließ jedoch nichts Gutes erwarten. »Habt ihr die beiden Vögel inzwischen zum Zwitschern gebracht?«

»Wir … äh … stehen quasi dicht davor, Sir«, entgegnete der Anrufer eingeschüchtert. »Allerdings müssen wir … nun ja, wie soll ich sagen … dummerweise eine Verzögerung in Kauf nehmen.«

»Was soll das heißen?«

»Die beiden sind hier vor Ort, aber noch immer nicht ansprechbar. Die verabreichte Dosis war wohl doch ein bisschen zu heftig.«

»Das ist nicht euer Ernst!«, drang es wutschnaubend aus dem Lautsprecher. »Wie viele Fehler wollt ihr euch denn noch erlauben? Ich muss wissen, wo diese verdammte Tasche ist! Ich will dieses unerfreuliche Thema endlich vom Tisch haben! Könnt ihr die beiden nicht brachial aufwecken?«

»Nicht zu empfehlen, Sir. Wenn Sie brauchbare Informationen verlangen, sollten Sie noch ein wenig Geduld aufbringen.«

»Wie lange?«

»Schwer zu sagen … Aber maximal eine Stunde.«

»Okay. Dann meldet euch sofort wieder bei mir.«

»Ja, das … machen wir.«

»Lasst euch eins sagen: Weitere Kohle zahle ich euch erst, sobald ich die Tasche von euch bekommen habe!«, drang es drohend aus dem Handy.

Es knackte. Damit war das Telefonat beendet.

»Aufgelegt«, schimpfte der Mann verächtlich. »Was bildet sich dieser steinreiche Stinkstiefel eigentlich ein?«

»Nur nicht provozieren lassen«, entgegnete sein Partner gelassen. »Und gewöhn dir mal endlich dieses devote Getue ihm gegenüber ab, das ist ja kaum auszuhalten! *Er* will schließlich was von uns und nicht umgekehrt. Soll ich dir sagen, was wir jetzt machen werden, bevor die beiden da drinnen aus ihren Träumen erwachen?«

»Das wäre?«

»Uns eine saftige Pizza reinschieben! An der nächsten Straßenecke befindet sich ein italienischer Fresstempel. Der ist mir vorhin beim Vorbeifahren ins Auge gestochen.« Er lachte verhohlen. »Ich lasse mich nämlich von niemandem unnötig unter Druck setzen, hörst du? *Wir* bestimmen den zeitlichen Ablauf und nicht dieser in Geld schwimmende Schnösel!«

»Schön und gut«, schien auch dem anderen Mann der Vorschlag zu schmecken. »Aber falls die beiden da drin in der Zwischenzeit aufwachen …«

»… bleibt ihnen somit ein wenig Zeit, sich gegenseitig in ihrer Angst hochzuschaukeln und einen Panikfilm zu schieben. Dann werden sie auch viel schneller geständig werden. Du wirst schon sehen.«

»Aber …«

»Hör jetzt auf mit diesem ständigen Aber«, platzte es ungehalten aus ihm heraus. »Außerdem ist der Raum verschlossen, da entkommt noch nicht mal eine Kakerlake.«

»Schon klar. Dann lass uns gehen.«

Ein breites Grinsen huschte über Peters Gesicht. Er hielt sein Ohr noch so lange an die Tür gepresst, bis er vernommen hatte, dass die beiden Männer eine Treppe nach oben gegangen waren. Kurz darauf klappte eine entfernte Haustür zu.

Nachdem Miss Apple in *Suzi's Kitchen* großzügig die Rechnung für die Sushiplatte übernommen hatte, warf sie einen prüfenden Blick auf ihre Armbanduhr und wurde plötzlich sichtlich nervös.

»Himmel, gleich schon ein Uhr! Ich muss schleunigst los.«

»Noch einen wichtigen Termin?«, horchte Justus überrascht auf.

Sie erhob sich vom Platz und nickte vielsagend. »Ein gemeinsames Alibi-Selfie mit Mandy knipsen, um meinen Schwindel zu untermauern.«

»Einen Schwindel?«, stutzte Bob irritiert. »Wie dürfen wir das verstehen?«

»Um das nachvollziehen zu können, fehlt dir eine gewisse Information, die ich heute Morgen per SMS von Miss Apple erhalten, aber im Eifer des Gefechts vergessen habe dir und Peter mitzuteilen«, entschuldigte sich Justus.

»Soso …«, entgegnete Bob wenig begeistert. »Und wie lautet diese gewisse Information?«

»Ronald durfte natürlich nicht wissen, dass ich mich heute mit euch hier treffe«, klärte Miss Apple Bob nun auf. »Daher erfand ich die Notlüge, um zwölf Uhr mit Mandy im Museum verabredet zu sein. Diese hatte ich, damit der Schwindel nicht unerwartet auffliegt, im Vorfeld natürlich eingeweiht, worauf Mandy den genialen Einfall mit dem Alibi-Selfie hatte.«

»Verstehe, und ganz schön raffiniert von Ihrer Freundin«, befand Bob anerkennend.

»Jetzt muss ich schnell ins Museum«, grinste Miss Apple und zwinkerte den zwei Detektiven verschwörerisch zu. »Mandy ist halt eine *echte* Freundin, und meine beste! Wir halten zusammen wie Pech und Schwefel, ein wahrer Schatz!«

»Darf ich vorher noch fragen, wie der Wissensstand von

Mandy in dieser ganzen Angelegenheit ist? Weiß sie darüber Bescheid, dass Sie uns als Detektive angeheuert haben?«

Unkontrolliert zuckte Miss Apple zusammen und geriet erkennbar in große Verlegenheit. »Nun ja … wenn du mich so direkt fragst … Indirekt ging es ja schon aus meiner Textnachricht hervor, die ich dir heute Morgen geschickt habe«, ließ sie offenherzig verlauten. »Auf Mandy ist hundertprozentig Verlass. Ich habe ihr eingebläut, über diese ganze Sache absolutes Stillschweigen zu bewahren.«

Bob zeigte sein vollstes Verständnis. »Ich finde das alles halb so schlimm. Wozu hat man schließlich eine beste Freundin? Was mich aber interessieren würde: Wie ist denn Mandys Sicht der Dinge in diesem undurchsichtigen Fall?«

»Schwer zu sagen …«, antwortete Lucy Apple nach kurzer Überlegung. »Sie scheint recht hin- und hergerissen zu sein und will sich nicht festlegen. Auf Ronald hielt sie bisher große Stücke. Das wird sich aber mit Sicherheit ändern, sobald ich sie auf den neuesten Stand gebracht habe.« Abermals blickte sie auf ihre Armbanduhr. »Ich muss jetzt wirklich los! Mandy wartet bestimmt schon vor dem Museum auf mich. Und wir drei – beziehungsweise wir vier – bleiben natürlich weiterhin telefonisch in Kontakt. Bis später, Jungs, und grüßt Peter von mir!«

Eilig verließ sie das Restaurant, worauf Bob Justus fragend ansah.

»Wie geht es jetzt weiter, Erster? Wo setzen wir als Nächstes an?«

»Ich appelliere an deinen Teamgeist, Bob«, ließ Justus großspurig verlauten. »Zunächst einmal rufen wir Peter an und fragen ihn, ob er bei seiner Beschattung zumindest moralische Unterstützung benötigt.« Beflissen zog er sein Handy hervor und stellte die Verbindung her.

»Die Luft ist rein!«, zischte Peter Mrs Madisun in dem stockdunklen Keller aufgeregt zu. »Die beiden Kerle haben soeben das Haus verlassen, um sich in einer nahe gelegenen Pizzeria den Bauch vollzuschlagen. Hatten 'ne unerfreuliche Auseinandersetzung mit ihrem Chef. Diese günstige Gelegenheit spielt uns in die Hände!« Aus seiner Tasche zog er seinen Schlüsselbund hervor, tastete die einzelnen Schlüssel daran ab und frohlockte schon nach wenigen Sekunden. »Vor allem *diesen* Gegenstand!«

»Du verfügst doch wohl nicht über einen passenden Schlüssel?«, zog Mrs Madisun argwöhnisch in Betracht. »Oder steckst du mit den Kerlen etwa unter …«

»Jetzt bitte keine Beleidigungen kurz vor unserem Ausbruch, ja?«, konnte Peter es sich nicht verkneifen. Dann machte er sich trotz der vorherrschenden Dunkelheit routiniert an dem Türschloss zu schaffen.

»Was in drei Teufels Namen machst du denn da?«

»Dieses saubere Pärchen hat zwar vieles vorausgeplant, aber nicht damit gerechnet, dass sich an meinem Schlüsselbund neuerdings als Zusatz-Gimmick auch ein Dietrich befindet«, verkündete Peter erhaben. »Und mit dessen Hilfe ist unsere

Gefangenschaft …« Er versetzte dem Dietrich einen letzten Dreh. »… mit einem Klick beendet!«

In dem Moment, als das Schloss aufsprang und die Tür zur Seite schwang, wurde der karge Kellerraum durch das grelle Deckenlicht aus dem angrenzenden Flur in diffuses Licht getaucht. Daraufhin gab es für Mrs Madisun kein Halten mehr. »Raus hier!« Sie sprang vom Boden auf und spurtete vom Fluchtinstinkt getrieben auf die offen stehende Tür zu. »Wir müssen sofort abhauen!« Unsanft stieß sie Peter zur Seite und hechtete die Treppe ins obere Geschoss hinauf.

»Warten Sie!«, rief er aufgebracht und lief ihr hinterher.

Am oberen Treppenabsatz befand sich ein weiterer Flur, der ebenfalls unmöbliert war. Der Zweite Detektiv sah, wie Mrs Madisun durch die Haustür nach draußen eilte.

Bevor Peter ihr ins Freie folgte, warf er rasch einen prüfenden Blick in die zwei angrenzenden Zimmer. Auch hier befanden sich keine Möbel. Nirgends entdeckte er einen Gegenstand, der Rückschlüsse auf die beiden Entführer zuließ.

Damit hatte Peter genug gesehen. Nachdem er das Haus verlassen hatte, schaute er sich suchend um und stutzte.

»Hallo? Wo sind Sie denn, Madam?«

Der Zweite Detektiv verließ das Grundstück. Auf der Straße ließ er erneut seine Blicke kreisen und wurde dabei auf das Schild im Vorgarten des Hauses aufmerksam: Zu verkaufen. Darunter war die Telefonnummer des Maklers angegeben.

Peter beschäftigte nun jedoch vielmehr die Tatsache, dass sich Mrs Madisun aus dem Staub gemacht hatte!

Der sicherste Ort

Justus und Bob sahen sich fragend an. In Deckung eines breiten Pinienbaums standen sie in Sichtweite zu Miss Apples und Ronalds Bungalow vor Peters MG. Vom Zweiten Detektiv fehlte jedoch jede Spur.

»Wie kann das angehen, Erster?«, erhoffte sich Bob von Justus eine plausible Erklärung. »Wir sollten wohl nicht mit dem Schlimmsten rechnen, oder?«

Justus riskierte einen vorsichtigen Blick zum Bungalow hinüber.

Das Tor der angrenzenden Garage stand offen.

»Ronald ist da drin noch immer mit dem Aufräumen beschäftigt«, stellte Justus fest. »Weshalb davon auszugehen ist, dass er wohl eher nichts mit Peters Verschwinden zu tun hat.«

»Aber wo steckt er, und warum geht er nicht ans Handy?« Unruhig trat Bob von einem Bein aufs andere. »Versuch es noch einmal, Justus.«

Der Erste Detektiv seufzte verdrießlich und zog sein mobiles Telefon hervor. »Also dann, zum x-ten Mal …« Er wischte über das Display und stellte die Verbindung her.

Wenige Sekunden später fuhren er und Bob entgeistert zusammen.

»Hörst du das?«, zischte Bob leise. »Das ist Peters Klingelton! Ziemlich gedämpft, aber hier ganz in der Nähe.«

Justus spitzte die Ohren und versuchte zu orten, aus welcher Richtung das Geräusch kam. »Das Handy muss in Peters Wagen liegen«, horchte er verwundert auf und deutete dann auf den MG.

In diesem Moment tippte Bob seinem Freund auf die Schulter und atmete erleichtert auf. »Sieh mal, wer dahinten kommt, Justus!«

Der Erste Detektiv wandte sich um. Aus der Ferne konnte er Peter ausmachen, der ihnen vom anderen Ende der Straße aus linker Richtung in rekordverdächtigem Tempo entgegenrannte.

»Da stimmt was nicht«, war sich Bob sicher. »Peters Gesichtsausdruck spricht Bände!«

Als Peter seinen Sprint vor dem MG abbremste, riss er die Fahrertür auf und zischte seinen Freunden zu: »Wir sollten sofort von hier verschwinden, Leute!«

»Verstanden, Zweiter«, entgegnete Justus geistesgegenwärtig. »Aber könntest du uns in kurzen Stichworten …«

»Nix *in kurzen Stichworten*!«, entgegnete Peter aufgebracht. »Der Fall nimmt eine gefährliche Wendung, und das müssen wir in allen Einzelheiten *ausführlich* besprechen. An einem Ort, an dem wir zumindest halbwegs sicher sind!«

Bob musste nicht lange überlegen. »Da fällt mir nur *ein* Ort ein, Freunde!«

Nachdem die drei Detektive in ihrer Zentrale alle neuen Informationen untereinander ausgetauscht hatten, knetete Justus nachdenklich seine Unterlippe.

»In diesem Fall dreht es sich zunehmend um eine bestimmte Tasche, Kollegen. Eine Tasche, an der nun auch eine *weitere* Person und deren Handlanger großes Interesse haben.«

»Wobei es sich bei den beiden Typen um dieselben Kerle handelt, die zuvor Mrs Madisuns Haus beobachtet haben.« Peter strich sich durch die Haare. »Zumindest einen von denen habe ich an seiner Reibeisenstimme sofort wiedererkannt.«

»Aber was nutzt uns dieses Wissen, solange unsere Auftraggeberin an Amnesie leidet? Alles scheint ja mit ihrem Sturz in den Santa Monica Mountains in Zusammenhang zu stehen. Ohne Miss Apples Erinnerung, was sich kurz *vor* diesem Unfall ereignet hat, werden wir vermutlich nicht weiterkommen.«

»Das sehe ich entschieden anders, Kollegen«, vertraute Justus seinem detektivischen Instinkt. »Zunächst einmal wäre da Mrs Madisun; wobei ich es taktisch sehr klug von dir fand, Zweiter, während eurer gemeinsamen Gefangenschaft dein Wissen über ihre Identität nicht preiszugeben. Das wird es Bob und mir leichter machen, in ihr kein Misstrauen zu erwecken, sobald wir der wissbegierigen Krankenschwester auf den Zahn fühlen. Weiterhin bleiben wir natürlich auch an Ronald dran. Und dann blieben da noch …«

»Die beiden Entführer …«, fuhr Peter dazwischen. »Die werden im Auftrag ihres ominösen Chefs mit Sicherheit einen weiteren Anlauf unternehmen, *uns* auf den Zahn zu fühlen. Garantiert haben die beiden seit heute Vormittag mein Autokennzeichen auf dem Radar. Dadurch lassen sich mein Name und meine Wohnadresse problemlos ermitteln. Und wir wissen im Gegensatz dazu so gut wie nichts über sie! Zumal das Haus, in das sie Mrs Madisun und mich verschleppt haben, zum Verkauf steht. Das haben sie sich zunutze gemacht und sich für ihren Coup illegalen Zutritt verschafft!«

Justus hob beschwichtigend die Hand. »Zunächst einmal heißt es Ruhe bewahren, Peter. Deine Befürchtungen, die ebenso auch für Bob und mich gelten, sind durchaus berechtigt. Obwohl wir stark davon ausgehen können, dass die beiden Kidnapper vorerst keinen weiteren Entführungsversuch unternehmen werden. Schließlich müssen sie damit rechnen, dass du und Mrs Madisun nach eurer Flucht den Vorfall umgehend zur Anzeige gebracht habt und nun unter Polizeischutz steht. Dennoch schlage ich vor, dass du dich, Peter, um das Schicksal nicht unnötig herauszufordern, die nächsten Tage und Nächte bei mir einquartierst. Tante Mathilda, Onkel Titus und deine Eltern werden mit Sicherheit nichts dagegen einzuwenden haben, wenn wir ihnen ein harmlos klingendes Scheinargument auftischen.«

»Das hört sich gut an«, willigte Peter erleichtert ein. »Auf eine weitere Zwangsnarkose kann ich nämlich gut und gern verzichten.«

Bob klatschte die Hände zusammen. »Da bin ich ganz bei dir, Zweiter. Und habe ich dich richtig verstanden, Erster, dass wir als Nächstes dieser Mrs Madisun auf den Pelz rücken?«

»Bevor wir das tun, sollten wir uns in einem anderen Punkt, der unsere Klientin betrifft, Klarheit verschafft haben.«

»Was willst du von Miss Apple denn jetzt noch in Erfahrung bringen?«, wollte Peter wissen. »Ihr beiden habt sie doch vorhin schon in *Suzi's Kitchen* einer ausgiebigen Befragung unterzogen.«

»Miss Apple steht bei meiner geplanten Mission nur indirekt im Fokus. Es ist nun vielmehr an der Zeit, uns etwas *über* sie berichten zu lassen. Von einer Person, mit der sie fest verbunden ist und der sie blindlings vertraut. Ob das jedoch auch auf Gegenseitigkeit beruht, sollten wir schleunigst herausfinden.«

»Dabei kann es sich nur um Mandy handeln. Miss Apples beste Freundin!«, schlussfolgerte Bob.

»Verstehe«, entgegnete Peter und erhob sich vom Stuhl. »Aber es juckt mir gehörig in den Fingern, auch diese Mrs Madisun zu befragen. Es wurmt mich, dass sie so dreist vor mir die Flucht ergriffen hat. Schließlich hat sie unsere Befreiung aus dem finsteren Kellerloch ausschließlich mir zu verdanken!«

Bob nickte ihm zu. »Da bin ich ganz bei dir, Zweiter. Aber sollten das nicht besser Justus und ich in Angriff nehmen? Denn falls diese Frau ebenfalls in diese ganze Sache verwickelt ist, solltest du dich vorerst besser im Hintergrund halten. Es könnte ja auch sein, dass sie trotz ihrer Entführung eine von den Drahtziehern ist.«

»Das wird wohl am besten sein«, gab Peter ihm recht. »Dennoch erwarte ich eine Entschuldigung für ihr unkollegiales Verhalten von ihr!«

Justus stutzte. »Da musst du dich wohl noch ein wenig gedulden ...«

»Oder ich rufe sie einfach an! Sorry, Freunde, aber was sein muss, muss sein«, fiel Peter ein und er trat entschlossen ans Bücherregal. Er zog zielstrebig das örtliche Telefonbuch daraus hervor und blätterte darin. »M wie Maddaus ... Madican ... Madison ... Madisun.«

Justus und Bob tauschten fragende Blicke aus.

»Bingo! Da ist sie!« Peter triumphierte. »Jane P. Madisun, Pearlstreet 420!« Impulsiv hob er den Telefonhörer und tippte die Nummer ein.

Der Erste Detektiv zuckte zusammen und zischte: »Hältst du das für eine gute Idee?«

Peter winkte entschieden ab und drückte auf die Mithör-Taste. Aus dem Lautsprecher ertönte das bekannte Tuten.

»Mir gefällt das nicht«, raunte Justus leise. Er war kurz davor, auf die Gabel zu drücken, um die Verbindung zu unterbrechen. Doch er verstand Peters Wut.

Nach mehrmaligem Tuten verzog der Zweite Detektiv missmutig das Gesicht. »Es geht keiner ran. Noch nicht mal ein Anrufbeantworter.«

»Ist vielleicht auch besser so«, befand Bob.

Doch plötzlich knackte es in der Leitung.

»Ja?«, meldete sich eine Frauenstimme.

Peter erkannte sie trotz des knappen Wortlauts sofort wieder. »Guten Tag, Mrs Madisun«, erwiderte er ungehalten. »Hier spricht Peter.«

»Was wollen Sie von mir?« Der Stimme nach zu urteilen, stand die Frau unter Hochspannung. »Wer sind Sie?«

»Soll ich nachhelfen?«, fragte er sarkastisch. »Vor knapp einer Stunde habe ich uns beide aus einer gefährlichen Notlage befreit.«

Aus dem Lautsprecher drangen kurzatmige Laute. »Ja ... natürlich. Was willst du von mir?«

»Zunächst eine Erklärung, weshalb Sie sich vorhin so mir nichts, dir nichts aus dem Staub gemacht haben. War das Ihr Dank dafür, dass ich Sie gerettet habe?«

»Hör zu: Das war eine Kurzschlusshandlung von mir. Ich hatte Angst um mein Leben! Ich habe bereits die Polizei verständigt und werde vorerst woanders untertauchen. In wenigen Minuten bin ich von hier verschwunden. Und dir rate ich das Gleiche. Und außerdem …« Plötzlich hielt sie inne.

»Hallo?«, fragte Peter irritiert. »Mrs Madisun?«

»Woher kennst du meinen Namen?«

»Das ist eine längere Geschichte und …«

Unvermittelt knackte es in der Leitung. Mrs Madisun hatte das Gespräch beendet.

Peter legte den Hörer auf und fasste sich an die Stirn. »Was war das denn, Leute?«

»Schwer zu sagen«, entgegnete Justus nachdenklich. »Der Fall wird immer rätselhafter …«

Auf Ehre und Gewissen

Als Justus am frühen Vormittag in *Mandy's Hair Palace* anrief, um Miss Apples beste Freundin Mandy Coolman um ein persönliches Gespräch zu bitten, war er sich recht unsicher, wie diese darauf reagieren würde. Doch gleich nachdem er sich namentlich vorgestellt hatte, erwies sich diese als recht kooperativ und vereinbarte mit ihm, ohne weitere Fragen zu stellen, für denselben Tag um 13 Uhr einen Termin in ihrem Salon.

Peter und Bob hatten nicht den geringsten Schimmer, welche Erkenntnisse sich der Erste Detektiv von diesem Treffen erhoffte. Dennoch folgten sie ihrem Freund wenige Stunden später bereitwillig in den Friseursalon, in dem Mrs Coolman gerade die letzte Kundin vor der Mittagspause verabschiedete.

Sie ließ die drei Detektive eintreten und verschloss hinter ihnen die Tür und streifte ihren Kittel ab.

»So, die Herren, schön, dass auch *wir* uns nun persönlich kennenlernen! Vorsichtshalber habe ich meine Angestellten heute zehn Minuten früher in die Pause geschickt, damit wir ungestört reden können.« Mit einem entwaffnenden Lächeln wies sie die Jungen an, auf der ledernen knallroten Wartecouch Platz zu nehmen. »Ich würde euch ja gern etwas zu trinken anbieten, hab allerdings nur Kaffee da.«

»Den nehmen wir gern!«, entschied Justus über den Kopf seiner Freunde hinweg und ließ sich dann als Erster in das bequeme Möbelstück sinken. »Dreimal mit Milch bitte!«

Während sich Mrs Coolman daranmachte, die Becher zu füllen, betrachteten die drei Detektive die Friseurin etwas eingehender. Sie mochte etwa Mitte dreißig sein. Ihre feuerroten schulterlangen Haare waren zweifellos gefärbt und ergaben einen aufsehenerregenden Kontrast zu ihrem giftgrünen Overall. Das Ambiente des Salons hingegen war eher schlicht gehalten, sodass Mrs Coolman darin wie ein grelles Pop-Art-Poster zwischen dezenten Landschaftsgemälden wirkte.

Nachdem sie den Jungen die Heißgetränke gereicht hatte, setzte sie sich auf einen Drehstuhl und klimperte erwartungsvoll mit ihren falschen Wimpern.

»Ich kann mir ja schon denken, worüber ihr mit mir sprechen wollt. Es geht vermutlich um Ronald, oder?«

»In der Tat, Mrs Coolman«, nahm Justus sogleich den Faden auf. »Miss Apple hat uns nämlich gestern davon in Kenntnis gesetzt, Sie in alles eingeweiht zu haben, was unseren Auftrag betrifft, das Geheimnis des *lebenden Tresors* zu ergründen.«

»Himmel!«, rief sie entgeistert auf. »Mit diesem Begriff scheint Lucy euch ja wahrlich einen Floh ins Ohr gesetzt zu haben! Ich habe ihr schon mehrmals dringend ans Herz gelegt, sich diese negative Bezeichnung tunlichst zu verkneifen. Damit rückt sie Ronald in ein völlig falsches Licht, was aus meiner Sicht vollkommen unberechtigt ist!«

»Inwiefern unberechtigt, Mrs Coolman?«, horchte Peter überrascht auf.

»Können wir uns zuvor darauf einigen, dass ihr mich Mandy nennt?«, schob die Friseurin beflissen ein. »Schließlich bin ich ja noch keine alte Schachtel. Ganz im Gegenteil!«

»Nichts lieber als das«, ließ Bob all seinen Charme spielen.

»Um auf Ronald zurückzukommen«, hakte der Zweite Detektiv anschließend nach. »Welchen Eindruck macht er denn auf *dich*, Mandy? Das betrifft vor allem sein Verhalten nach Miss Apples Unfall.«

»Ich weiß, dass Ronald Lucy abgöttisch liebt. Das spüre ich in jeder Faser und kann es auch jedem Gespräch entnehmen, wenn wir drei gelegentlich mal zusammenkommen. Er trägt sie im wahrsten Sinne des Wortes auf Händen, und sie sollte sich glücklich schätzen, endlich so einen tollen Freund gefunden zu haben, anstatt ihm neuerdings nur mit Misstrauen zu begegnen.«

»Ich muss offen gestehen, dass mich deine Einschätzung von Ronald ziemlich irritiert«, machte Justus Mandy deutlich. »Sie steht in vollkommenem Widerspruch zu den Schilderungen unserer Klientin. Hältst du das Misstrauen deiner Freundin denn für ein reines Hirngespinst, das aufgrund ihres Unfalls entstanden ist?«

»Das habe ich mit meiner Äußerung nicht andeuten wollen«,

wies Mandy entschieden von sich. »Schließlich weiß ich durch Lucy davon, dass sich Ronald seit Kurzem des Öfteren in Lügen verstrickt, die ihr sehr zu schaffen machen. Ich kenne sowohl die Geschichte mit dem Fitnesscenter, das derzeit vorübergehend geschlossen ist, als auch, dass er neuerdings heimliche Telefonate führt. Das alles macht er doch alles nur aus Liebe!«

»Aus … Liebe?« Bob fiel die Kinnlade runter. »Zu wem? Doch nicht etwa … zu dir?«

Mandy stieß einen belustigten Laut aus. »Auweia, heute scheine ich mich ja *nur* missverständlich auszudrücken! Nur zu eurer Information, falls ihr es von Lucy nicht ohnehin schon wisst: Ich bin seit zwei Jahren glücklich mit meiner Frau verheiratet. Daher braucht ihr in diese Richtung keinerlei Ermittlungen anzustreben.«

»Verstehe«, entgegnete Bob verlegen. »Wie war deine Äußerung *dann* gemeint?«

Mandy bedachte die Jungen mit einem ernsten Blick.

»Ihr müsst mir zunächst versprechen, mit niemandem über das zu sprechen, was ich euch gleich erklären werde. Hand drauf?«

»Auf Ehre und Gewissen«, sicherte Justus Mandy zu. »Die drei Detektive behalten grundsätzlich für sich, was man ihnen anvertraut.«

Peter und Bob nickten zustimmend.

»Gut zu wissen. Die Sache verhält sich folgendermaßen: Ronald hat mich, als Lucys beste Freundin, vor ein paar Tagen ins Vertrauen gezogen und mir sein Herz ausgeschüttet …«

Sie seufzte schwer. »Der Unfall macht Lucy mehr zu schaffen, als euch bewusst sein mag. Seit ihrem Sturz hat sich ihr Wesen stark verändert. Sie ist auffallend nervös und reizbar geworden, worunter verständlicherweise auch Ronald leidet. Der behandelnde Arzt im Krankenhaus hat empfohlen, dass Lucy zur Beobachtung besser noch einige Tage in der Klinik bleiben sollte, doch das lehnte sie strikt ab.«

»Mit welcher Begründung?«, fragte Peter.

»Lucy hat in ihrer Jugend aufgrund einer ziemlich heftigen Lungenentzündung viele Wochen im Krankenhaus verbringen müssen. Ein regelrechtes Trauma und eine Phobie vor Ärzten, die sie bis heute noch nicht überwunden hat. Daher hat sie im aktuellen Fall vehement darauf bestanden, in Eigenverantwortung umgehend wieder aus der Klinik entlassen zu werden, zumal man ihr zu diesem Zeitpunkt dort eh nicht weiterhelfen konnte.« Sie schluckte. »Ich mache mir große Sorgen um Lucy …«

»Und was hat Ronald dir im Nachhinein nun anvertraut?«, bohrte Justus nach.

»Wie gesagt: Lucys plötzliche Wesensveränderung wirft ihn völlig aus der Bahn. Da sie aber ärztliche Hilfe konsequent ablehnt und darauf baut, dass ihre Erinnerungslücken sich von selbst wieder schließen, hat Ronald die Entscheidung gefällt, nichts unversucht zu lassen, ihrem Gedächtnis wieder auf die Sprünge zu helfen. Auf eine *unkonventionelle* und – meiner Meinung nach – moralisch recht fragwürdige Weise.«

»Wie dürfen wir das verstehen?«, hinterfragte Bob.

»Hinter Lucys Rücken. Ohne ihr Wissen holt er aus allen Richtungen ärztlichen und psychologischen Rat ein, wie er Lucy dazu bewegen könnte, sich aus *freien* Stücken in ärztliche Behandlung zu begeben, damit ihr Zustand schnellstmöglich wieder ins Gleichgewicht gerät. Irgendwelche Methoden *muss* es da doch geben! Allein deshalb führt er die heimlichen Telefonate und trifft sich mit Spezialisten – anstatt, wie er Lucy gegenüber vorgibt, ins Fitnessstudio zu gehen.«

»Ach!« Hinter Justus' Stirn begann es plötzlich zu rotieren. »Wer ist denn mit seinen Sorgen zuerst an dich herangetreten? Lucy oder Ronald?«

»Eine seltsame Frage.« Sie verengte die Augen. »Die ich dir aber klar beantworten kann: Ronald stand am Tag, nachdem sich Lucy sozusagen selbst aus dem Krankenhaus entlassen hatte, bei mir auf der Matte. Und soweit ich mich entsinne, rückte *sie* zwei Tage später bei mir an, um gehörig Dampf abzulassen. Es können aber auch *drei* Tage gewesen sein, nagelt mich bitte nicht darauf fest. Auf alle Fälle kochte sie vor Wut, weil sie eine heimliche Geliebte vermutete.« Mit einer hilflosen Geste hob sie die Hände. »Ihr könnt euch nicht vorstellen, in was für einen enormen Gewissenskonflikt ich in diesem Moment geraten bin. Lucy war so außer sich! Ich aber hatte Ronald das Versprechen geben müssen, nichts über seine wahrlich gut gemeinten Absichten auszuplaudern. Ich fühlte mich wirklich schrecklich! Ich saß – und sitze noch immer – verzweifelt zwischen den Stühlen, denn auch Lucy hat mir das Versprechen abgerungen, Ronald gegenüber vollkommen dichtzuhalten!«

»Wie hast du dich denn bei *ihr* aus der Affäre ziehen können, nachdem sie dir von ihren Eifersuchtsängsten erzählt hat?«, wollte Peter wissen. »Für dich als beste Freundin muss das ja der reine Drahtseilakt gewesen sein.«

Mandy nickte zustimmend. »Ich habe ihr mit Engelszungen einzutrichtern versucht, dass hinter alldem garantiert *keine* heimliche Nebenbuhlerin steckt; wovon ich auch nach wie vor fest überzeugt bin, Jungs. Lucy gegenüber äußerte ich dann die Vermutung, dass Ronald vielleicht auch hinter ihrem Rücken etwas für die geplante Hochzeit der beiden vorbereiten wolle, worauf sie mir aber demonstrativ einen Vogel zeigte. – Zu meinem Glück drangsalierte sie mich danach nicht weiter und überlegte stattdessen, einen Detektiv auf ihn anzusetzen, wovon sie sich auch nicht abbringen ließ. Tja, und somit kamt *ihr* dann ins Spiel.«

»So ist es.« Justus biss sich auf die Unterlippe. »Aus deiner Sicht, Mandy, scheint Ronald für unsere Klientin nur das Beste zu wollen. Doch *unser* Eindruck, den wir uns persönlich von ihm machen konnten, steht in krassem Widerspruch zu deinen Einschätzungen. Uns gegenüber hat sich Ronald in dem kurzen Gespräch nämlich auch des Mehrfachen in dreiste Lügen verstrickt, obwohl er von unserem detektivischen Auftrag doch gar nichts wissen konnte. Wie erklärst du dir das? Oder hast *du* ihm etwa …?«

»Hä?« Mandy blinzelte verwirrt. Sie hatte mit vielem gerechnet, aber nicht mit einer solchen Frage. »Ganz im Gegenteil: Es war *meine* Idee, das gemeinsame Alibi-Selfie mit Lucy zu schießen, um euer gestriges Treffen mit ihr vor Ronald zu vertuschen. Das sagt doch wohl alles, oder?«

»Dem kann ich nicht widersprechen«, relativierte der Erste seine provokante Frage. »Dennoch bleibt weiterhin zu klären, aus welchem Grund er auch uns mehrmals belogen hat.«

»Das herauszufinden fällt in *euren* Aufgabenbereich«, resümierte sie entschieden. »Ich wiederum vermute aber, dass Ronald euch gegenüber aus Gründen der Privatsphäre nichts von Lucys Unfall erzählt hat und deshalb in Bezug auf eure Fragen zu Notlügen gegriffen hat.«

»Keine Sorge, Mandy«, warf Peter beruhigend ein. »Die drei ??? verstehen ihr Handwerk. Wir werden der Sache weiter nachgehen.«

»Eins möchte ich euch aber dringend ans Herz legen, Jungs.« Sie senkte ihre Stimme. »Geht das Ganze behutsam und feinfühlig an, vor allem was Lucy betrifft. Sie hat bereits *vor* ihrem Unfall eine Menge mitmachen müssen, was gehörig an ihrem Selbstwertgefühl gekratzt hat. Das betrifft vor allem ihre berufliche Situation.«

»Mit der sie nicht besonders glücklich ist«, fügte Justus hinzu. »Uns gegenüber hat sie in diese Richtung nur eine vage Andeutung gemacht. Gibt es denn einen ernsten Grund zur Sorge?«

»So drastisch würde ich es nicht ausdrücken, aber Lucy kämpft seit ihrer dortigen Anstellung bei ihrem Chef um Anerkennung und auch den nötigen Respekt. Als einzige Frau in dem Unternehmen, und dazu noch als Sekretärin, scheint man ihr nicht viel zuzutrauen. Auf die bei ihrer Einstellung in Aussicht gestellten Aufstiegschancen wartet sie noch heute. Eine Demütigung, die ich selbst nie erleben möchte! Aber auch das behaltet bitte für euch, ja?«

»Selbstredend, Mandy«, entgegnete Justus und erhob sich ächzend von der Wartecouch im Salon. »Ich denke, dass wir deine verdiente Mittagspause nicht weiter in Anspruch nehmen sollten. Doch bevor wir uns wieder vom Acker machen, habe ich aus prophylaktischen Gründen noch *eine* Frage.«

»Nur zu!«

»Wann hast du Lucy vor ihrem Unfall das letzte Mal gesehen?«

»Das kann ich dir genau sagen!« Mandy sprang aus ihrem Drehstuhl, ging auf den Kassentresen zu und griff dort nach dem aufgeschlagenen Terminkalender. Eifrig blätterte sie einige Seiten zurück. Dann glitt ihr Zeigefinger über die Einträge. »Am vierzehnten Juni, elf Uhr Vormittag, hier im Salon. Es war der Tag, an dem sie den Unfall hatte.«

Justus trat interessiert näher. »Gut, jetzt auch das genaue Datum zu wissen. Kannst du uns vielleicht auch sagen, um wie viel Uhr sich der Unfall ungefähr ereignete?«

»Das muss auf alle Fälle einige Stunden später gewesen sein«, rief sich Mandy in Erinnerung. »Denn als Ronald mich anrief, um mich über alles zu unterrichten, fuhr er Lucy gerade vom Krankenhaus nach Hause, und da war es draußen bereits stockdunkel.«

»Verstehe«, speicherte Justus die Informationen in seinem Kopf.

»Hattest du den Eindruck, dass sich Lucy während ihres

Besuchs in deinem Salon an diesem Vormittag irgendwie anders verhalten hat als sonst?«

»Anders verhalten?« Mandy wusste Justus' Frage nicht zu deuten. »Mir ist da nichts Besonderes aufgefallen. Außerdem herrschte hier im Laden reichlich Betrieb. Meine Angestellten und ich …« Mit einem Mal hielt sie inne und stutzte. »Doch … da war was. Jetzt fällt es mir wieder ein.«

»Und das wäre?«, fragte Peter von der Couch aus.

»Während ich Lucy die Locken eindrehte, ließ ich meinen Frust über eine besonders unangenehme Kundin bei ihr aus, die mir ziemlich auf den Wecker gegangen war. Namen sind ja bekanntlich die Würze des Tratsches; doch als sich Lucy nach dem Namen bei mir erkundigte, fiel er mir partout nicht ein. Deshalb holte ich den Terminkalender, suchte nach dem betreffenden Eintrag und hielt ihn ihr direkt vor die Nase.«

Peter musste unweigerlich grinsen. »Köstlich! Eine Szene wie in einer Seifenoper: Frauen im Friseursalon!«

»Was geschah dann, Mandy?«, ignorierte Justus den unsachlichen Kommentar seines Freundes.

»Nachdem ich Lucy den Eintrag gezeigt hatte, erwiderte sie zunächst nichts und schien sich dann mit einem lapidaren *Soso* nicht mehr für das Thema zu interessieren. Dann sah sie zur Uhr und stellte beunruhigt fest, dass ihre Frühstückspause schon zehn Minuten überschritten wäre und sie deshalb schleunigst wieder zurück ins Büro müsse.«

Ratlos zuckte Bob mit den Schultern. »Was war denn an diesem Verhalten so seltsam?«

»Im Grunde genommen nichts. Aber Lucys anfangs noch heitere Stimmung schien plötzlich einen Dämpfer erhalten zu haben. Na ja, aber vielleicht auch nur, weil ihr der Job so verhasst ist.«

»Kannst du uns den besagten Eintrag auch zeigen, Mandy?«, hakte der Erste Detektiv nach. »Jedes kleinste Detail könnte ein weiteres Puzzlestück sein.«

»Sicher doch, obwohl ich mir in diesem Fall nicht allzu große Hoffnung machen würde.« Mandy ging die Spalten im Terminkalender durch und wurde schnell fündig. »Da ist er!«

Mit dem Zeigefinger deutete sie auf den betreffenden Vermerk.

9:30 – Esther Lubitch/ D. 1,5

Interessiert traten auch Peter und Bob heran und nahmen den Eintrag vom 27. April näher in Augenschein.

»Was bedeutet denn *D. 1,5*?«, wollte Peter von Mandy wissen.

»Das D steht für Dauerwelle und die 1,5 für eineinhalb Stunden, die für die gesamte Prozedur eingeplant sind.«

»Klingt logisch«, entgegnete Peter trocken.

»Mrs Lubitch war an diesem Morgen meine erste Kundin und hat mir mit ihren Sonderwünschen und ständigem Gehetze den letzten Nerv geraubt«, stieß es Mandy sauer auf. »Solche Frauen liebe ich ja: Nur Forderungen stellen und am Ende nicht einen Cent Trinkgeld herausrücken!«

1,5 Millionen

Justus saß während der Fahrt in Bobs Käfer geistesabwesend auf der Rückbank und zupfte unentwegt an seiner Unterlippe.

Peter wandte sich vom Beifahrersitz zu ihm um und taxierte seinen Freund mit stechendem Blick. »Vor Mandy habe ich mir die Frage tunlichst verkniffen, aber jetzt, wo wir wieder unter uns sind, musst du mir eins erklären, Erster.«

»Und das wäre?«

»Aus welchem Grund wolltest du wissen, ob zuerst Miss Apple oder Ronald bei ihr aufgekreuzt ist, um sich jeweils etwas von der Seele zu reden?«

»Das habe ich mich auch gefragt«, stimmte Bob zu, während er den Wagen konzentriert durch den dichten Mittagsverkehr lenkte.

Justus hob den Zeigefinger in die Höhe.»Wenn Miss Apple *vor* ihm bei Mandy aufgetaucht wäre, hätte der Verdacht im Raum gestanden, dass sein anschließender Besuch bei ihrer besten Freundin nur *einem* Zweck dienen sollte.«

»Na klar doch!«, schoss es Bob in den Sinn. »Nämlich Mandy weiszumachen, dass Miss Apples Misstrauen völlig unbegründet sei, da seinem undurchsichtigen Verhalten nur edle Motive zugrunde liegen würden.«

Justus nickte. »Da Ronald Mandy aufgesucht hat, als Miss Apple noch gar keinen Verdacht gegen ihn hegte, muss ihr Misstrauen erst aufgekeimt sein, nachdem sie Ronald bei einem seiner heimlichen Telefonate überraschte.«

»Und was sagt uns das im Umkehrschluss?«, fragte Peter.

»Dass es für Ronald keinen Anlass gab, Miss Apples bester Freundin irgendeine Lüge aufzutischen, um jeglichen Verdacht von sich zu weisen.« Justus atmete tief durch. »Ich komme langsam zu der Überzeugung, dass wir in unserem Fall eine Wendung um 180 Grad vollziehen müssen, Kollegen. Vieles deutet nämlich darauf hin, dass es sich beim *lebenden Tresor* gar nicht um Ronald handelt, sondern um unsere Auftraggeberin Miss Apple!«

In ihrer Zentrale setzte sich Bob sogleich an den Schreibtisch und ließ den Rechner hochfahren, worauf Peter und Justus fragende Blicke austauschten.

»Ist mit einem Mal dein detektivischer Ermittlungsdrang geweckt, oder weshalb diese plötzliche Eile?«, wunderte sich Peter und trat dann auf den Kühlschrank zu. »Ich brauch jetzt erst mal was Süßes. Wer will auch 'ne Cola?«

»Dreimal Wasser«, ordnete Justus belehrend an. »Sonst droht uns womöglich ein Koffein-Schock!«

»Schon verstanden …« Peter verzog das Gesicht und entnahm dem Wandregal drei Trinkgläser, die er missmutig unter den Wasserhahn hielt. Anschließend servierte er seinen Freunden die kühlen Getränke und pflanzte sich darauf in den maroden Sessel.

»Wie gehen wir jetzt in puncto Mrs Madisun vor?«, brachte er zur Diskussion. »Das Thema sollten wir keineswegs aus den Augen verlieren. Schließlich …«

»Das darf doch nicht wahr sein …«, entwich es Bob perplex. Er starrte entgeistert auf den Monitor. »So einen Zufall *kann* es doch gar nicht geben. Im wahrsten Sinne ein Sechser im Lotto.«

»Du spielst Lotto?«, horchte Peter verwundert auf. »Ist das in unserem Alter überhaupt erlaubt?«

»Jetzt quatsch keine dummen Opern, Zweiter. Davon rede ich nicht.«

»Sondern?«

»Setz du dich besser auch erst hin, Justus«, empfahl Bob. »Ansonsten könnte dir folgende Information den Boden unter den Füßen wegziehen.«

Der Erste Detektiv ließ sich sogleich auf einen Fußschemel sinken und verschränkte die Arme vor der Brust. »Leg los, Dritter!«

»Ich hatte die aberwitzige Idee, die Begriffe, die Mandy uns betreffend der nervtötenden Kundin aus dem Terminkalender vorgelegt hat, in die Suchmaschine einzugeben: 9:30 – Esther Lubitch/ D. 1,5.«

»Und worauf bist du bei deiner Suche gestoßen?«, fragte Justus gespannt.

»Es wird euch schier die Schuhe ausziehen«, setzte Bob noch einen drauf. »Der Artikel stammt aus dem Kunstmagazin *California Art Journal*; in der Mai-Ausgabe vom letzten Monat. Ich lese euch vor: *Unsäglicher Millionenverlust für die Kunstwelt. – ›das war das teuerste Wochenende meines Lebens‹, resümiert Ernest Lubitch, selbst ernannter Mäzen und Kunstsammler aus Beverly Hills, sarkastisch. Am Freitagabend des letzten Aprilwochenendes waren er und seine Frau Esther zu einem Roadtrip nach San Francisco aufgebrochen, von dem sie erst am späten Sonntagabend zurückkehrten. In der Zwischenzeit waren Unbekannte in seine Villa eingedrungen und haben dabei Kunstgegenstände im Wert von 1,5 Millionen Dollar entwendet. Am schmerzlichsten ist laut Lubitch der Verlust einer Skizze von Claude Monet, deren Wert auf 240.000 Dollar beziffert ist. Allerdings ist Lubitch zumindest in finanzieller Hinsicht positiv gestimmt. ›Ich bin der Guardian Angel Corp. (Anm. d. Red.: die Versicherungsgesellschaft, bei der die Kunstwerke des Opfers versichert sind) dankbar, dass sie sich des Falles annehmen wird.‹* Bob wandte sich seinen Freunden zu. »Na, was sagt man dazu?«

Justus erhob sich von seinem Schemel und warf einen längeren Blick auf den Monitor. »Zunächst einmal meinen größten Respekt, Bob! Mit deiner Stichworteingabe hast du exakt den richtigen Riecher bewiesen. Allein diesem Bericht lässt sich entnehmen, was Miss Apple beim Anblick der Eintragung in Mandys Terminkalender in den Sinn gekommen sein muss:

Der Name Esther Lubitch, dann D. sowie 1,5«, hob er noch einmal hervor. »Diese Ziffer, mit der eineinhalb *Stunden* gemeint waren, hat Miss Apple in ihrem Kopf mit eineinhalb Millionen Dollar in Verbindung gebracht. Wobei sie das D., das kurioserweise für Dauerwelle stand, als Abkürzung für Dollar interpretierte. Durch diese Notiz wird sie vermutlich eine Verbindung zu dem Schadensfall hergestellt haben, für die laut dem Artikel im Kunstmagazin die *Guardian Angel*-Versicherungsgesellschaft zuständig ist.«

»Genau *die* Versicherungsgesellschaft, bei der zufälligerweise auch Miss Apple als Sekretärin arbeitet«, fügte Peter hinzu. »Aber wie passt der ganze Sachverhalt zusammen?«

»Ich bin mir ziemlich sicher, dass unsere Klientin, gerade *aufgrund* ihrer Tätigkeit als Sekretärin bei der *Guardian Angel*, Einblick in alle Versicherungsakten des Unternehmens hat und demzufolge auch mit dem Schadensfall von Mr Lubitch bestens vertraut ist. Und beim Anblick des Eintrags in Mandys Terminkalender scheint ihr die Erkenntnis gekommen zu sein, dass Mr Lubitch der *Guardian Angel* gegenüber eine Falschaussage getätigt haben muss.«

»Was in diesem Fall mit einem Versicherungsbetrug gleichzusetzen wäre«, fügte Bob ergänzend hinzu.

Der Zweite Detektiv konnte den beiden nicht ganz folgen. »Woraus schließt ihr das denn?«

Schweigend deutete Bob zum Wandkalender, der über dem Waschbecken hing und eine Übersicht des laufenden Jahres ermöglichte.

Peter brauchte einige Sekunden, bis auch er begriffen hatte. »Das ist es also … Esther Lubitch ist am Samstag, dem 27. April um neun Uhr dreißig in *Mandy's Hair Palace* gewesen, obwohl sie laut Ernest Lubitchs Aussage angeblich bereits am Vorabend mit ihm gemeinsam nach San Francisco aufgebrochen ist!«

»Das sind die Fakten, Kollegen«, geriet Justus zunehmend in Wallung. »Was ließe sich aus detektivischer Sicht daraus herleiten?«

Mit einem Mal ertönte aus dem Lautsprecher des Monitors eine tiefe Männerstimme.

»… *habe ich mich bereits in meiner Jugend für Kunstobjekte begeistert. Das Sahnebonbon in meinem Leben! Und wenn ich es genauer analysiere, habe ich dieses Gespür einzig und allein meinen Eltern zu verdanken. Sie haben es mir in die Wiege gelegt.*«

Impulsiv überkam Peter eine Gänsehaut. »Wessen Stimme ist das, Bob?«

»Die von Ernest Lubitch. Ich bin hier gerade auf einem Social-Media-Kanal gelandet, wo dieser selbst ernannte Kunstmäzen mit total abgedroschenen Plattitüden um Aufmerksamkeit buhlt. Den Typen müsst ihr euch mal ansehen.«

Als Justus und Peter näher herantraten und den weißbärtigen Mann auf dem Bildschirm betrachteten, wurde der Zweite Detektiv leichenblass.

»Ich k… kenne diesen Mann«, brachte er stammelnd hervor. »Besser gesagt, seine Stimme. Das ist der Kerl, der den beiden Entführern telefonisch den Auftrag erteilt hat, Mrs Madisun und mich zu narkotisieren. Ich bin mir ganz sicher!«

»Moment mal, Freunde …«, erwiderte Bob irritiert. Mit einem kurzen Mausklick schaltete er den Social-Media-Beitrag auf Pause. »Damit wäre dieser Mr Lubitch, wenn ich das richtig verstanden habe, also der Dritte im Bunde, der neben Mrs Madisun und Ronald so versessen darauf ist, eine bestimmte Tasche in seinen Besitz zu bringen, oder?«

»Inzwischen gehe ich nicht mehr davon aus …« Justus verspürte ein heftiges Pochen in den Schläfen. »Und je länger ich darüber nachdenke, desto mehr ärgere ich mich vor allem über mich selbst!«

»Einspruch, Erster!«, fuhr ihm Peter aufgebracht dazwischen. »Ich habe doch in dem Kellerraum mit eigenen Ohren gehört, wie Mr Lubitch den beiden Entführern eingeschärft hat, endlich diese verdammte Tasche zu beschaffen! Lubitch *ist* der Dritte im Bunde!«

Bob hob beschwichtigend die Hände. »Zettelt jetzt bloß keinen Streit an. Und du, Zweiter, solltest Justus zunächst mal erklären lassen, was er mit seiner kryptischen Äußerung überhaupt gemeint hat.«

»Also schön«, lenkte Peter kleinlaut ein. »Dann lass mal hören, Erster.«

Justus setzte sich zurück auf den Schemel und überkreuzte die Beine. »Ich bestreite ja nicht, dass Mr Lubitch hinter dieser Tasche her ist; das steht außer Frage. In Zweifel ziehe ich jedoch, dass auch Mrs Madisun und Ronald dieses Ziel verfolgen. Darauf hätte ich schon viel früher kommen können, Kollegen, wenn man uns im Vorfeld nicht manipuliert hätte!«

»Manipuliert?«, fragte Bob entgeistert. »Was soll das heißen?«

»Von Beginn an hat Miss Apple Ronald uns gegenüber in ein solch zweifelhaftes Licht gerückt, dass wir gar nicht umhinkamen, ihm ebenfalls mit Misstrauen zu begegnen.«

Justus nickte. »Was so weit führte, dass wir auch seinem Besuch bei Mrs Madisun eine unlautere Absicht unterstellt haben. – Doch was wäre, wenn es Ronald bei diesem Besuch tatsächlich nur darum ging, sich aus Sorge um seine Freundin professionellen Rat einzuholen?«

»Dann wären mit einem Schlag alle Verdächtigungen gegen Mrs Madisun und Ronald hinfällig«, schlussfolgerte Peter. »Wie ließe sich dann aber erklären, weshalb die beiden unabhängig voneinander Miss Apple nach dieser ominösen Tasche gefragt haben?«

»Wenn wir an der Theorie festhalten, dass Mrs Madisun und Ronald eine reine Weste haben, ließe sich diese Tatsache nur durch den Zufall erklären, dass es den beiden jeweils um eine *andere* Tasche ging. Denn schließlich hatte Mrs Madisuns Nachfrage bei Miss Apple ihre volle Berechtigung, da sie bei der Einlieferung in die Notaufnahme eben *keine* Tasche dabeihatte.«

»Und wie erklärt sich *Ronalds* Nachfrage bei Miss Apple?«, überlegte Bob. »Er hat sich doch bei ihr beklagt, dass er seit einigen Tagen seine Sporttasche mitsamt seinem Jogginganzug vermissen würde.«

Justus' Augen nahmen einen seltsamen Glanz an. »Mir kommt da gerade etwas in den Sinn, Kollegen … Eine Theorie, *weshalb* Ronalds Tasche nicht mehr auffindbar ist. Und mit an

Sicherheit grenzender Wahrscheinlichkeit handelt es sich bei dieser Tasche um jene, auf die Mr Ernest Lubitch so scharf ist. Genauer gesagt, auf deren *Inhalt.*«

»Meinst du etwa den Jogginganzug?«, fragte Peter perplex.

»Ich tippe eher auf Banknoten«, ließ Justus lapidar verlauten. »Eine *horrende* Summe an Banknoten.«

Bobs Augen weiteten sich vor Entsetzen. »Du gehst doch wohl nicht davon aus, dass Miss Apple …«

»Oh doch, Bob!«, sagte Justus. »Alles ergäbe einen Sinn! Überlegt doch mal: Unsere Klientin ist schon seit Jahren frustriert darüber, dass ihr die anfänglich in Aussicht gestellten Aufstiegsmöglichkeiten bei der *Guardian Angel*-Versicherungsgesellschaft bis heute verwehrt blieben. Auf ihre große Karriere und das große Geld wird sie in dem Schuppen wohl vergeblich warten müssen. Doch plötzlich spielt ihr der Zufall in *Mandy's Hair Palace* ein großes Los in die Hände. Sie kam einem ungeheuren Versicherungsbetrug in Millionenhöhe auf die Schliche, der sie auf die Idee bringt, zwei Fliegen mit einer Klappe schlagen zu können: sich an ihrem ignoranten Arbeitgeber zu rächen – und obendrein einen Haufen Kohle einzustreichen. Nach ihrem Friseurbesuch eilt Miss Apple zu ihrem Arbeitsplatz und vergewissert sich zunächst, anhand der betreffenden Unterlagen keinem Irrtum erlegen zu sein. Anschließend nimmt sie anonym Kontakt zu Lubitch auf, um ihn mit ihrem Wissen finanziell zu erpressen. Der Kunstsammler lässt sich auf diesen Deal ein und vereinbart mit Miss Apple einen Platz in den Santa Monica Mountains, an dem das Schweigegeld noch am selben Tag hinterlegt werden soll. Hierzu kommt unserer Klientin Ronalds Sporttasche und sein darin enthaltener schwarzer Jogginganzug zur Tarnung wie gelegen. Die Strecke zu den Santa Monica Mountains wird sie vermutlich zu Fuß zurückgelegt haben, und allem Anschein nach ist es ihr auch gelungen, das erpresste Schweigegeld an sich zu bringen. Sie verstaute die Beute in Ronalds Sporttasche und trat daraufhin schleunigst die Flucht an. Und genau *dabei* muss es zu diesem verhängnisvollen Sturz gekommen sein.«

»Verdammt, Justus«, sagte Peter beklommen. »Wenn du mit deiner Theorie recht haben solltest … dann hat uns Miss Apple ja quasi unwissentlich damit beauftragt, ihr eigenes Verbrechen aufzuklären. Wir können sie unter diesen Umständen doch unmöglich der Polizei ausliefern … Oder etwa doch? Und wie sollte Inspektor Cotta sie zu einem Geständnis bewegen können, wo sie sich momentan ihrer Schuldfähigkeit gar nicht bewusst ist? Was machen wir denn jetzt?«

»Zunächst einmal müssen wir wohl oder übel Miss Apple und Ronald gegenüber alle Karten offen auf den Tisch legen. Schließlich können wir nicht ausschließen, dass ich mit meiner Theorie doch falschliege, Kollegen …«

Showdown

Zum großen Erstaunen der drei Detektive hatte Miss Apple, als Justus sie wenig später telefonisch um ein gemeinsames Treffen mit Ronald bat, nicht das Geringste dagegen einzuwenden. Sie klang überraschend erleichtert und nannte Justus auch gleich den Grund ihres Verhaltens: Ronald hatte ihr am frühen Vormittag gebeichtet, weshalb er die heimlichen Telefonate und Ausflüge getätigt hatte. Daraufhin kam es zwischen den beiden zu einer gegenseitigen und ausführlichen Aussprache. Miss Apple war sich nun vollkommen sicher, dass Ronald ein unbescholtenes Blatt war, und ließ dabei durchblicken, dass sie die Hilfe der drei Detektive nun nicht mehr benötigen würde. Doch hierauf konnte und wollte es Justus nicht beruhen lassen.

Bei der gemeinschaftlichen Zusammenkunft am Nachmittag in Miss Apples und Ronalds Bungalow brachte Justus daher zur Sprache, was die drei Detektive im Zuge ihrer letzten Ermittlungen herausgefunden hatten. Vor allem aber, welche Schlussfolgerungen sie daraus ziehen mussten.

Miss Apple platzte unweigerlich der Kragen.

»Was bildet ihr euch eigentlich ein? Ist das nun der Dank dafür, dass ich euch als Detektive engagiert habe? Jetzt verstehe ich auch, weshalb ihr für eure Tätigkeiten kein Honorar verlangt. Diese sind nämlich keinen Pfifferling wert! *Ich* und eine Erpresserin – das wüsste ich aber! Und meine Unschuld kann ich auch beweisen!«

»Na, da bin ich aber mal gespannt«, entgegnete Bob gelassen. »Wie denn?«

»Wir rufen diesen Kunstfritzen jetzt an und verlangen eine Gegenüberstellung. Liebend gern könnt ihr auch die Polizei hinzubestellen, ich habe nämlich eine blütenreine Weste.« Miss Apple grinste süffisant. »Dann werden wir ja sehen, wie genial ihr seid …«

Justus knetete nachdenklich seine Unterlippe. »Vielleicht gar keine so schlechte Idee. Und ich weiß auch schon, wie wir im Detail vorgehen. Doch vorher benötige ich von Ihnen beiden noch eine wichtige Information, die Ronalds schwarze Sporttasche betrifft, die seit Ihrem Unfall, Miss Apple, so plötzlich verschwunden ist. Oder ist sie inzwischen wieder aufgetaucht?«

Ronald schüttelte entschieden den Kopf. »Leider ist sie nach wie vor – wie auch der darin enthaltene schwarze Trainingsanzug – wie vom Erdboden verschluckt. Doch inzwischen habe ich mir die gleiche Tasche noch einmal gekauft. Es war sozusagen mein Lieblingsstück. Warum fragst du danach?«

Zehn Minuten später umringten Justus, Bob, Miss Apple und Ronald den Zweiten Detektiv, als dieser mit seinem Handy bei Mr Lubitch anrief, dessen Nummer Bob zuvor ermittelt hatte, und hielten gespannt den Atem an. Im Vorfeld hatte Peter auf seinem Mobiltelefon seine eigene Rufnummer unterdrückt, damit sie auf dem Display von Mr Lubitchs Handy nicht angezeigt wurde.

Aus dem Lautsprecher ertönte ein mehrmaliges Tuten, dann knackte es.

»Ja, hier Lubitch.«

Der Zweite Detektiv erkannte die Stimme sofort wieder. »Hier ist Peter.«

»Von denen kenne ich viele. Wie lautet dein Nachname?«

»Der tut nichts zur Sache«, entgegnete er mit fester Stimme. »Nur so viel: Ich bin derjenige, den Ihre Handlanger gestern in Ihrem Auftrag betäubt und anschließend in einem Keller eingesperrt haben. Wie Sie inzwischen sicher wissen, haben ich und meine Mitgefangene uns daraus befreien können.«

Pause. Nur ein leises Atmen war zu hören.

»Sind Sie noch dran, Sir?«

Es folgte ein leises Räuspern. »Weshalb rufst du mich an?«

»Um Ihnen ein Angebot zu machen.«

»Ich höre.«

»*Sie* wollen die Tasche mitsamt Inhalt haben, und *ich* will, dass der Terror Ihrerseits aufhört. Wir treffen uns in zwei Stunden, also um Punkt achtzehn Uhr an *der* Stelle, die auch am 14. Juni als Hinterlegungsort vereinbart wurde. Dort erhalten

Sie von mir die Tasche und *ich* im Gegenzug von Ihnen das Versprechen, dass Sie und Ihre beiden Typen mich in Zukunft in Ruhe lassen.«

»Verstehe. Wenn alles reibungslos verläuft, hast du mein Wort. Wir treffen uns in zwei Stunden.«

Es knackte. Mr Lubitch hatte aufgelegt.

»Und?«, fragte Peter in die Runde. »Wie war ich?«

Bob klopfte ihm anerkennend auf die Schulter. »Eins a mit Sternchen! Zumindest hätte *ich* es nicht besser machen können!«

»Und jetzt verständige ich umgehend Inspektor Cotta.«

»Nur zu, Justus!«, frohlockte Miss Apple und rieb sich die Hände. »Ich verspüre schon jetzt den Triumph, dass ihr euch für eure unverschämten Anschuldigen nachher bei mir entschuldigen müsst!«

Ronald vergrub seine Hände in den Hosentaschen und presste mit sorgenvoller Miene die Zähne zusammen …

Gegen achtzehn Uhr näherten sich die drei Detektive und ihre beiden Begleiter auf einem schmalen Wanderpfad in den Santa Monica Mountains einer maroden Blockhütte. Davor erblickten sie schon von Weitem das Verbrechertrio, das auf ihr Eintreffen wartete.

»Da!«, zischte Bob aufgeregt. »Jetzt haben sie uns auch gesehen. Sie stehen auf und kommen uns entgegen.«

»Was hat das zu bedeuten?«, rief Mr Lubitch ihnen grimmig zu, während ihm die beiden Männer dicht folgten. »Ich bin davon ausgegangen, dass du alleine kommst, Peter.«

»Ihre Verwunderung kann ich nur erwidern«, parierte der Zweite Detektiv schlagfertig. »Sie rücken ja ebenfalls mit einer Schützenhilfe an. »Wobei ich mich frage, woher Sie mein Gesicht kennen. Sind wir uns schon mal begegnet?«

Die Mimik des Kunstsammlers zeigte keine Regung. »Wer weiß?« Dann streckte er seinen Arm aus und deutete auf die schwarze Sporttasche, die Peter in seiner rechten Hand trug. »Gib das Ding jetzt her.«

Zögernd trat der Zweite Detektiv einen Schritt zurück. »Nicht so voreilig, Sir. Bevor ich Ihnen die Tasche gebe, will ich zuerst wissen, weshalb mich …«

»Du hast gar nichts zu wollen, klar?« Lubitch blickte sich kurz um und checkte die Umgebung. Er konnte nirgends Polizisten ausmachen. Dann zog er aus seinem weißen Leinenjackett eine Pistole hervor und richtete den Lauf auf Peter.

»Ich mache kurzen Prozess, wenn du dich nicht an unsere Abmachung hältst, verstanden? Her mit der Tasche!«

Peter folgte der Aufforderung und reichte Lubitch das Objekt seiner Begierde. Gierig grabschte dieser danach und übergab dann einem seiner Handlanger die Pistole.

»Wenn einer von denen eine falsche Bewegung macht, weißt du, was zu tun ist.«

»Verstanden, Chef!«

Ruckartig zog Lubitch am Reißverschluss der Sporttasche und … hielt abrupt inne. Sein Gesichtsausdruck erstarrte. Dann hob er den Kopf und winkte Peter mit einer drohenden Gebärde zu sich heran.

»Was läuft hier, Junge?«

»W... wie meinen Sie das?«, stammelte er verunsichert.

»Tu nicht so blöd!« Der Kunstsammler langte in die Sporttasche und zog daraus ein Bündel alter Klatschmagazine hervor. »Wo sind die 300.000 Dollar? Die Kohle, die du von mir erpresst hast! Wenn du nicht sofort dein Maul aufmachst, legt Horrice dich um!«

»Einen Augenblick, Sir!« Justus trat einen mutigen Schritt vor. »Ich glaube, dass hier ein gewaltiges Missverständnis vorliegt.«

»Was soll das heißen? Und wer seid ihr überhaupt?«

»Ich bin Justus Jonas, Chef der drei ???. Rechts von mir mein Kollege Bob Andrews, verantwortlich für Recherchen und Archiv. Und der Junge, auf den gerade die Pistole gerichtet ist, ist Peter Shaw, unser Zweiter Detektiv, der garantiert *nicht* der Erpresser ist!«

Der Pistolenschütze lachte kurz auf. »Uns kannst du viel erzählen. Wir haben Fotos, die das Gegenteil beweisen.«

Justus zuckte unmerklich zusammen. »Fotos?«

»Die haben meine beiden Helfer aus dem Hinterhalt geschossen, als dein Freund Peter an dem besagten Abend hier anrückte, um sich die hinterlegte Plastiktüte mit dem erpressten Schweigegeld zu greifen. Zeig ihm die Aufnahme, Jasper.«

»Verstanden, Chef.« Der zweite Handlanger zog sein Handy hervor, tippte und wischte über das Display und zeigte Justus das Foto.

Nach kurzer Betrachtung rümpfte der Erste Detektiv unbeeindruckt die Nase. »Das Bild ist ziemlich unscharf und zeigt lediglich eine Gestalt in einem schwarzen Trainingsanzug. Die über den Kopf gezogene Sturmhaube macht jegliche Identifizierung unmöglich. Was beweist das schon?«

»Von der Statur her sieht mir der Typ auf dem Foto verdammt nach Peter aus«, entgegnete Lubitch beharrlich. »Das kannst du nicht leugnen.«

»Können wir das Bild auch mal sehen?«, meldete sich unerwartet Ronald zu Wort und ging einen Schritt auf Lubitch zu.

Dieser taxierte Miss Apples Freund mit abfälligem Blick. »Moment mal … Deine Visage kenne ich doch …«

»So ist es, Chef«, übernahm Jasper die Antwort. »Diesen Typ haben Horrice und ich gesehen, als wir im Krankenhaus zur Notaufnahme stiefelten. Er saß dort im Flur und quatschte aufgeregt mit der Krankenschwester. An seine schwarzen Sportklamotten erinnere ich mich. Zunächst waren wir uns vollkommen sicher: Das ist unser Mann. Dann ging er in den Behandlungsraum. Horrice und ich zogen uns diskret zurück, behielten den Flur aus sicherer Entfernung aber weiterhin im Blick. Kurze Zeit später trat er mit dieser Frau dort«, er wies auf Miss Apple, »wieder auf den Flur hinaus und verließ mit ihr das Krankenhaus. Gemeinsam fuhren sie in einem Buick davon. Ich nahm die Verfolgung auf, während Horrice die Krankenschwester aushorchen sollte.«

»So war es«, bestätigte dieser. »Aber die Schwester hatte Haare auf den Zähnen und verwies ziemlich penetrant auf ihre Schweigepflicht. Deshalb nahmen Jasper und ich später auch *ihre* Fährte auf …«

»… und verschleppten sie, ebenso wie Peter, in den Keller, um aus ihnen nähere Informationen zu erhalten, die zu der besagten Tasche führen sollten«, führte Bob weiter aus. »Aber die Krankenschwester Mrs Madisun ist ebenso unschuldig wie Peter!«

Lubitchs Lippen verengten sich zu einem schmalen Schlitz. »Woher willst du das wissen?«

»Weil ich gestern mit ihr telefoniert habe«, entgegnete Ronald geradeheraus. »Nach ihrer Flucht aus dem Keller hat sie panisch bei ihrer Freundin Unterschlupf gesucht. Nun ist sie zunächst krankgeschrieben und versucht, sich auf alles einen Reim zu machen.«

»Weshalb kamen Sie denn aber ausgerechnet auf Peter?«, wandte sich der Erste Detektiv an Jasper.

Dieser spuckte auf den Boden. »Weil wir uns, was diesen Typen da angeht, der mit seiner Tussi das Krankenhaus verlassen hatte, geirrt hatten. Als die beiden vor ihrem Bungalow aus dem Buick stiegen, habe ich geschnallt, dass er *nicht* derjenige war, der sich die Tasche gegriffen hatte. Der Kerl hat 'nen völlig anderen Körperbau als der auf unseren Fotos. Trotzdem behielten wir ihn weiter im Auge, weil er uns ebenso wie die Krankenschwester verdächtig vorkam. Und dann seid ihr drei Rotzbengel bei ihm aufgetaucht. *Du* in einem schwarzen Jogginganzug, Peter. Und somit hatten wir dich, junger Mann!«

Miss Apple stieß einen schnippischen Laut aus und bedachte die drei Detektive mit einem triumphierenden Blick. »Na, hab ich's euch nicht gesagt? Eure Vermutungen sind haltlos. Von der Statur her sind Ronald und ich aus dem Schneider! Wir beide haben mit der ganzen Erpressungsgeschichte nicht das Geringste zu tun!«

Lubitch grinste und wandte sich an Lucy Apple. »Sie haben einen auffallend zierlichen Körperbau. Obwohl … von Ihrer Größe her könnte es schon hinhauen. Aber die Gestalt auf den Fotos ist weitaus muskulöser und hat breitere Schultern. Eben wie *du*, Peter …«

»Was haben Sie denn unternommen, nachdem die Person das Schweigegeld an sich genommen hatte, Sir?«, insistierte Justus. »Womöglich gibt uns das Aufschluss über den wahren Erpresser.«

Lubitch zögerte. »Horrice und Jasper sollten der Person unbemerkt folgen, um herauszufinden, wer *hinter* dieser ganzen Geschichte steckt. Aber Peter war schneller. Nachdem er die Tüte mit der Kohle an sich genommen und in seiner mitgebrachten Sporttasche verstaut hatte, rannte er fluchtartig so schnell davon, dass die beiden lahmen Schnecken ihn nach wenigen hundert Metern aus den Augen verloren. Dann hörten sie in der Ferne einen kurzen Aufschrei, konnten aber die Richtung nicht orten. Sie suchten also weiter, bis sie plötzlich einen Rettungswagen sahen, der gerade davonfuhr. Sie rannten zu einem Aussichtspunkt und konnten von dort beobachten, wie der Wagen auf das nahe gelegene Krankenhaus zusteuerte. Jasper und Horrice nahmen die Fährte auf.«

»So allmählich begreife ich die Zusammenhänge«, sagte Peter. »Aber weshalb …«

»Jetzt reicht mir dieses Affentheater!«, fuhr Lubitch aus der Haut. »*Du* bist der Erpresser, Peter! Das beweist allein schon, dass du hier heute mit derselben Sporttasche angerückt bist wie an dem Abend, als du dir das Schweigegeld gekrallt hast!«

»Irrtum, Sir«, berichtigte ihn Justus. »Nicht mit derselben Tasche, sondern nur mit der *gleichen*. Das ist ein gravierender Unterschied!«

Lubitch stutzte. »Was willst du damit sagen?«

»Über den Verbleib der ursprünglichen Tasche wissen wir nichts. Aber wir sind im Besitz eines Duplikats; dasselbe Modell, um Sie damit zu einem Geständnis zu bewegen.«

»Ach ja? Und woher wusstest ihr dann, um welches Fabrikat es sich bei dieser Tasche handelt?« Lubitchs Gesicht nahm eine rötliche Färbung an. »Ich zähle jetzt bis drei, und wenn ihr dann nicht die Wahrheit ausspuckt, werde ich euch eigenhändig ...«

In diesem Moment traten hinter dem nahen Gebüsch zwei Männer hervor. Lubitch, Jasper und Horrice fuhren entsetzt herum.

»Inspektor Cotta!«, rief Justus erleichtert auf.

»Waffe fallen lassen und Hände hoch!« Der Inspektor richtete seinen Revolver auf Horrice und ging, gefolgt von seinem Assistenten, auf das Verbrechertrio zu.

Horrice ließ die Pistole fallen und streckte die Arme in die Höhe.

»Bitte nicht schießen! Ich gestehe *alles*!«

Cotta hatte dafür nur ein mildes Lächeln übrig. »Ein weiteres Geständnis ist überflüssig. Denn das, was Sie drei hier in der vergangenen Viertelstunde alles von sich gegeben haben, reicht für eine Anklage vollkommen aus.« Dann wandte er sich seinem Assistenten zu. »Godween, nehmen Sie die Pistole an sich und legen Sie dem sauberen Trio die Handschellen an.«

»Verstanden, Inspektor.«

»Nicht so schnell …«, entgegnete der Kunstsammler erzürnt. »Haben Sie nicht etwas vergessen, Inspektor? Da wäre nämlich noch *eine* Sache: Was ist mit dem Erpresser, der mich um glatte 300.000 Dollar erleichtert hat? Der- oder diejenige *muss* einer von den fünfen dort sein!«

Der Reihe nach wies er mit seinem knochigen Zeigefinger auf die drei Detektive, Ronald und Miss Apple. »Vielleicht stecken sie auch alle gemeinsam unter einer Decke!«

»Wie kommen Sie darauf?«, bekundete der Inspektor scheinbares Interesse.

»Weil dieser Junge dort, der sich Peter nennt, heute telefonisch mit mir in Kontakt getreten ist, und sich mir gegenüber als der Erpresser ausgegeben hat. Er wollte mit mir einen Deal aushandeln. Dazu wies er mich an, sich mit ihm an *dem* Ort zu treffen, an dem ich letzte Woche für ihn das Schweigegeld hinterlegen musste. Er *kannte* diesen Ort, verstehen Sie, Inspektor? Denn *den* konnte nur der wahre Erpresser wissen!«

Cotta schüttelte entschieden den Kopf. »Das mag wohl sein, Mr Lubitch, doch lassen Sie sich gesagt sein, dass es für Peter und seine Begleiter auch andere Mittel und Wege gab, hierherzufinden.«

»Und die wären?«, horchte der Kunstsammler auf.

»Diesen Einfall haben wir Justus zu verdanken!«, konnte Bob nicht an sich halten. »Er verständigte Inspektor Cotta, klärte ihn über den Sachverhalt auf und bat ihn um seine Mithilfe, damit wir Sie und Ihre Handlanger überführen konnten. Wir kannten den Ort der Geldübergabe nicht. Daher gingen der Inspektor und sein Assistent vor Ihrer Villa auf Posten und nahmen die Verfolgung auf. Zeitgleich blieben wir mit dem Inspektor telefonisch in Kontakt und ließen uns von ihm navigieren. Zu *der* Stelle, die, Ihrer Auffassung nach, nur der Erpresser kennen konnte.«

Lubitch fluchte laut auf, ließ sich dann aber, so wie seine Handlanger Horrice und Jasper, widerstandslos abführen.

Dennoch war der Erste Detektiv alles andere als zufrieden.

»Nimm es sportlich, Justus«, versuchte ihn Peter zu besänftigen.

»Zumindest ein Teilerfolg«, fügte Bob hinzu. »Lubitchs Versicherungsbetrug ist nicht aufgegangen.«

»Das mag schon sein, Kollegen«, entgegnete er missmutig. »Doch gerade *ihr* solltet wissen, dass mir ein ganzer Cheeseburger weitaus lieber ist als ein halber.«

Zahlendreher

Die drei Detektive mussten Inspektor Cotta im Anschluss natürlich in allen Punkten, die die Hintergründe des Falles betrafen, Rede und Antwort stehen. Das größte Problem dabei war jedoch Miss Apples weiterhin bestehende Amnesie. Solange sie ihr Erinnerungsvermögen nicht zurückerlangte, war keine vollständige Aufklärung des Falles möglich.

Cotta wollte die *Guardian Angel*-Versicherungsgesellschaft jedoch erst hinzuziehen, nachdem Mr Ernest Lubitch und seine beiden Helfershelfer die schriftlich verfassten Geständnisse unterzeichnet hatten. Das konnte sich aber noch einige Tage hinziehen.

Zwei Tage später erhielten die drei Detektive unerwarteten Besuch. Die Jungen waren schon seit über einer Stunde auf dem Gelände des Gebrauchtwarencenters T. Jonas damit beschäftigt, neue Reifen auf Peters MG zu ziehen, als Bob überrascht zum Eingangstor deutete.

»Seht mal, wer da kommt, Freunde!«

Justus blickte irritiert auf. »Miss Apple, ihre Freundin Mandy und Ronald. Die wollen uns doch wohl keinen Freundschaftsbesuch abstatten.«

»Warten wir es ab«, entgegnete Peter und machte die drei Besucher mit einem Handzeichen auf sich aufmerksam.

»Hallo, Jungs!«, rief Mandy ihnen zur Begrüßung zu und machte ein ernstes Gesicht. »Gut, dass wir euch hier antreffen. Habt ihr ein paar Minuten für uns?«

»Wir … äh … ich denke …« Justus war sichtlich irritiert. »Natürlich, doch … Wir können uns dort vor der Freiluftwerkstatt auf die Bänke setzen.«

Nachdem die fünf Platz genommen hatten, entnahm Mandy ihrer Handtasche ein adressiertes Kuvert und reichte es Justus, der es vorzog, lieber zu stehen.

»Dieser Brief kam mit einiger Verzögerung bei mir an, da in meiner Hausnummer ein Zahlendreher war.«

»Dürfen wir den Brief lesen?«

»Sicher doch«, sagte Miss Apple leise. »Deshalb sind wir ja zu euch gekommen.«

Justus zog einen Briefbogen aus dem Kuvert, faltete ihn auseinander und las ihn seinen Freunden vor.

Freitag / 14. Juni 2024

Liebe Mandy,
jetzt muss alles sehr schnell gehen, mir liegt die Zeit im Nacken. Vielleicht

begehe ich gerade die größte Dummheit meines Lebens, aber ich MUSS diese Chance nutzen!

Durch einen Zufall bin ich vorhin in deinem Salon auf eine wirklich große Sache gestoßen. Ich bin einem gigantischen Versicherungsbetrug in Höhe von 1,5 Millionen Dollar auf die Schliche gekommen, den ich aber zunächst noch beweisen muss. Die ersten Schritte sind bereits getan. Nicht ganz legal, und deshalb nicht ungefährlich! Die Sache geht heute Abend in die heiße Phase. Falls mir bei dem Coup etwas zustoßen sollte und du deshalb nichts mehr von mir hörst, wende dich mit diesem Schreiben SOFORT an die *Guardian Angel*-Versicherungsgesellschaft und die Polizei!

Der Versicherungsnehmer heißt Ernest Lubitch. Seine Frau hat ihn da gehörig in etwas hineingerissen: Das dumme Ding hat sich offensichtlich ohne das Wissen ihres Mannes am 27. April um 9 Uhr 30 in deinem Salon von dir frisieren lassen, obwohl sich das saubere Pärchen zu diesem Zeitpunkt (laut Angabe des Schadenberichts bereits schon am Vorabend) auf dem Weg nach San Francisco befand! Laut Aussage der Nachbarn wurde der Einbruch in der Lubitch-Villa jedoch in der Nacht vom dritten auf den vierten April verübt. Damit ist das Alibi der beiden hinfällig!

Der Typ muss 300.000 Dollar für mein (angebliches!) Schweigen latzen. Vor vier Wochen wurde ihm die volle Schadensumme ausbezahlt. Wenn Lubitch meine geforderte Zuwendung rausrückt, habe ich ihn und kann ihn der *Guardian Angel* ans Messer liefern. Meine große Chance, in diesem Laden endlich mal für voll genommen zu werden und somit mindestens eine Stufe aufzusteigen! Wünsch mir Glück!

Lucy

Perplex ließ Justus das Schreiben sinken.

Miss Apple schaute schulderfüllt. »Respekt, Justus, du hast mit deiner Theorie richtiggelegen, und nun sollte wohl *ich* mich bei *euch* entschuldigen. Ich habe diesen Wahnsinn tatsächlich begangen und eiskalt durchgeführt. Es muss eine Art Kurzschlusshandlung gewesen sein. Ich kann es noch immer nicht glauben, weil ich mich nach wie vor nicht erinnern kann. Aber Ronald hat mich davon überzeugen können, mich nun in ärztliche Hände zu begeben. Mit deren Hilfe sehe ich hoffentlich bald wieder klarer.« Sie umklammerte die Hand ihres Freundes. »Ich habe mich dir gegenüber in den vergangenen zwei Wochen ziemlich schäbig verhalten, mein Schatz. Ich verspreche dir, dass sich das alles wieder einrenkt.«

Ronald erwiderte ihren Händedruck und nickte.

»Das ist schon mal ein Schritt in die richtige Richtung«, entgegnete Bob zuversichtlich. »Die Erinnerungen werden zurückkehren, Miss Apple, da bin ich mir ganz sicher.«

»Sie *müssen* zurückkehren, weil ich wissen muss, was mit dieser verdammten Tasche passiert ist … « Sie hielt kurz inne. »Gestern Abend … Da war etwas … in meinem Kopf … vereinzelte Bilder. Ich rannte … streifte dunkle Kleidung von mir ab … darunter zusammengeknülltes Zeitungspapier … um eine männliche Statur vorzutäuschen … Und dann vergrub ich irgendetwas in der Erde …«

»Ach wirklich …«, entwich es Peter überrascht.

Miss Apples Lippen begannen zu zittern. »Aber vermutlich waren es nur Trugbilder … Wunschgedanken.«

»Und was machen wir jetzt mit diesem Brief?« Mandy seufzte verzweifelt. »Ich meine, sollten wir ihn nicht besser der Polizei und der *Guardian* …«

Justus winkte ab und lächelte milde. »Machen Sie sich keine Sorgen, Miss Apple. Wenn Ihre Erinnerung wieder zurück ist, werden die drei ??? die Tasche finden. Detektiv-Ehrenwort!«

Leseprobe

160 Seiten, ca. €/D 12,– Preisänderungen vorbehalten
ISBN 978-3-440-17799-0

Die Krähen sind los! Als Peter Shaw durch den Palisades Park joggt, wird er Zeuge eines unheimlichen Vorfalls: Er hört lautes Gekrächze und Hilfeschreie. Ein Mann wird von einem Schwarm Krähen attackiert! Nur schwer lassen sich die Vögel vertreiben. Warum haben sie das getan? Ein unheimliches Ereignis, das an Alfred Hitchcocks berühmten Film „Die Vögel" erinnert. In ihrem neuen Fall treffen Justus, Jonas, Peter Shaw und Bob Andrews auf ungewöhnliche Gegner. Haben Krähen eine eigene Sprache, um sich gegen Menschen zu verbünden? Auf die Leserinnen und Leser wartet ein spannendes Abenteuer!

Lies doch mal rein!

kosmos.de/die-drei-fragezeichen

»Sie bringen mich um!«

Die ganze Nacht hindurch hatte es endlich geregnet, endlich, nachdem ganz Kalifornien von einer mehrwöchigen Hitze- und Dürrewelle geplagt gewesen war. Der reichliche Niederschlag bewahrte die Pflanzen- und Tierwelt zumindest vorerst vor dem Verdursten.

Als Peter Shaws Wecker um sieben Uhr klingelte, ließ der Regen gerade nach und die ersten Sonnenstrahlen durchdrangen das dichte Wolkenband. Was für ein herrlicher Samstagmorgen! Peter zögerte nicht lange. Das war der perfekte Zeitpunkt, um durch den Palisades Park zu joggen. Mit Sicherheit waren nach dem starken Regen nur wenige Menschen dort anzutreffen, was Peter einen ungestörten und entspannten Lauf ermöglichen würde.

Als er eine Viertelstunde später im Park ankam, sah er seine Vermutung *mehr* als bestätigt: weit und breit keine Menschenseele in Sicht. Was für eine Idylle … Peter überkam das Gefühl, als würde die ganze Anlage nur ihm gehören. Eine Joggingrunde auf seinem *eigenen* Privatgelände! Auf den regennassen Asphaltwegen begann die Feuchtigkeit zu verdunsten. Dampfschwaden bildeten sich, sodass Peter glaubte, auf Wolken zu schweben. Vereinzelte Vögel zwitscherten in den Sträuchern. Noch war die Luft recht erfrischend, doch schon bald würde es unangenehm schwül werden. Die Meteorologen hatten erneut hohe Temperaturen vorhergesagt.

Doch daran wollte Peter jetzt nicht denken. Genieße den momentanen Zustand und tanke einfach nur auf, philosophierte er beim Laufen und musste unwillkürlich grinsen. Peter Shaw – in dir schlummert ja ein wahrer Poet! Wenn du deinen Job als Detektiv mal an den Nagel hängen solltest, könntest du es vielleicht als Dichter …

Ein plötzliches, ohrenbetäubend lautes Krächzen riss Peter aus seinen Tagträumen. Er verlangsamte sein Lauftempo, blieb dann irritiert stehen und versuchte, die genaue Richtung zu orten, aus der die ungewöhnlichen, fast aggressiven Vogellaute kamen. Seiner Einschätzung nach handelte es sich um Krähen, mindestens zwanzig oder dreißig Stück, die offenbar in heller Aufregung waren. Es klang, als würden die Vögel einen Großalarm ausrufen und sich in Kampfposition begeben.

Peter ließ seinen Blick über die Bäume und Sträucher in dem Parkteil wandern, aus dem die vermeintliche Bedrohung bisher nur zu hören, aber nicht zu sehen war. Plötzlich vernahm er hinter sich ein lauter werdendes Flattern. Entsetzt fuhr er herum: Zwei ausgewachsene Krähen kamen wie aus dem Nichts pfeilartig auf ihn zugeschossen. Sie wirkten alles andere als friedfertig. Reflexhaft warf sich Peter zu Boden, hielt schützend die Hände über den Kopf und rechnete mit einem Angriff. Doch so schnell, wie die beiden Vögel aufgetaucht waren, waren sie auch schon haarscharf über ihn hinweggeflogen. Als er vorsichtig aufblickte, konnte er gerade noch sehen, wie sie in der Ferne auf eine große Korkeiche zusteuerten und blitzschnell in deren dichtem Blattwerk verschwanden.

Peter atmete erleichtert auf. Die Gefahr schien für ihn gebannt zu sein. Doch als er den Kopf wandte, näherte sich jetzt ein ganzer Schwarm Krähen. Dreißig, vierzig … Unmöglich für ihn, die genaue Anzahl zu erfassen. Wieder presste Peter das Gesicht auf den Boden, schützte seinen Kopf, registrierte aber zu seiner Erleichterung, dass es die Vögel auch dieses Mal nicht auf ihn abgesehen hatten. Sie flogen ebenfalls auf die Korkeiche zu und gesellten sich zu ihren Artgenossen.

Das Gekrächze in dem Baum wurde zunehmend lauter, während Peter sich langsam aus seiner Starre löste und vorsichtig aufrichtete. Was ging hier vor sich? Nie zuvor hatte er dieses schwarze Federvieh als eine Bedrohung empfunden. Doch vielleicht war ja auch alles ganz harmlos und er bildete sich da etwas ein. Möglicherweise hatten die Krähen nur eine Versammlung einberufen, um etwas Wichtiges zu besprechen …

Besprechen? Peter tippte sich belustigt an die Stirn. Glaubte er wirklich, die Vögel redeten miteinander wie Menschen? Er hatte sich mit diesen unheimlich wirkenden Kreaturen bisher noch nie näher beschäftigt. Biologie gehörte nicht gerade zu seinen Lieblingsthemen. Andere Dinge lagen ihm weitaus näher. Neben der Detektivarbeit, die er gemeinsam mit seinen Freunden Bob Andrews und Justus Jonas betrieb, stand für ihn vor allem das Surfen an oberster Stelle. Am liebsten mit Jeffrey, einem engen Kumpel aus der Nachbarschaft.

Plötzlich schoss es Peter durch den Kopf, dass er sich ja mit ihm zu einem gemeinsamen Surftrip morgen verabreden wollte. Jeffrey war in letzter Zeit ganz schön genervt gewesen, weil Peter kurz hintereinander zwei Verabredungen hatte absagen müssen, da er mit Justus und Bob in einen ziemlich haarigen Fall verwickelt gewesen war. Aber morgen war mit Jeffrey Surfen angesagt, koste es, was es wolle.

Dieser Gedanke erfüllte Peter mit so viel Vorfreude, dass er dem aufgebrachten Gekrächze in der Korkeiche keine große Aufmerksamkeit mehr schenkte. Er warf einen raschen Blick auf seine Armbanduhr. Halb acht. Eigentlich könnte er Jeffrey doch gleich anrufen, um mit ihm die genaue Zeit auszumachen. Ob sein Freund noch schlafen würde? Egal! Kurzerhand zog Peter sein Handy hervor und drückte im Telefonspeicher auf Jeffreys Nummer. Doch zu seiner Enttäuschung meldete sich niemand. Nicht mal die Mailbox ging an. Peter blieb beharrlich und ließ es weiter klingeln.

Mit einem Mal verstummte das wütende Gekrächze der Krähen. Peter blickte verwundert auf. Auch das Gezwitscher der anderen Vögel war urplötzlich nicht mehr zu hören. Eine beklemmende Stille machte sich im Park breit. Als hätte jemand einen Aus-Schalter gedrückt. Peter vernahm nur noch das

Freizeichen aus dem Handy und den entfernten Autoverkehr außerhalb des Parks.

Im nächsten Moment flatterten wie auf ein lautloses Kommando Dutzende von Krähen aus der Korkeiche und schossen mit markerschütterndem Gekrächze im Sturzflug hinter die angrenzenden Hibiskusbüsche. Dann ertönten von dort die gellenden Schreie eines Mannes.

»Ahhhhh! Neiiiiin, nicht! Weg! Verschwindet! Lasst mich! Hilfe! Hiiiiiilfe!«

Das laute Krächzen und die Schreie des offenbar hilflosen Mannes vermischten sich zu einer Geräuschkulisse, wie sie Peter bisher nur aus den übelsten Horrorfilmen kannte. Sein Herzschlag beschleunigte sich.

»Hiiiiiilfe! Sie bringen mich um! Zu Hilfe!«

Peter durfte keine Zeit verlieren. Ohne zu zögern, setzte er sich in Bewegung und rannte im Höllentempo auf die Büsche zu. Als er sie umrundet hatte, bot sich ihm ein entsetzlicher Anblick: Vor ihm auf dem Rasen, auf dem Bauch, lag ein Mann mit schlohweißem Haarkranz und zappelte panisch mit den Armen und Beinen. Dutzende von Krähen tummelten sich auf seinem Körper, flatterten aufgebracht mit den Flügeln, hackten mit ihren spitzen Schnäbeln auf ihn ein und krächzten dabei unaufhörlich.

»Weg mit euch! Ihr elenden Bestien!«, schrie der Mann wie von Sinnen. Er schlug immer wilder um sich, was die Vögel aber nicht davon abhielt, ihr grausames Treiben fortzuführen. »Ihr bringt mich noch um!«

Peter verlor keine Zeit. In Windeseile entledigte er sich seiner Joggingjacke und schleuderte sie in einer rotierenden Bewegung über seinem Kopf. Mit stampfenden Schritten eilte er auf den Mann zu, erhöhte noch die Schleudergeschwindigkeit und schrie mit sich überschlagender Stimme: »Seid ihr wahnsinnig geworden? Abflug! Und zwar dalli! Lasst ihn in Ruhe!« Wieder und wieder stampfte Peter auf den Boden und rückte mit seiner kreisenden Jacke den Angreifern so dicht aufs Gefieder, bis diese mit wütendem Gekrächze von ihrem Opfer abließen und in alle Himmelsrichtungen davonflatterten.

Es dauerte einige Sekunden, bis der Mann begriff, dass sein Retter die Vögel erfolgreich in die Flucht geschlagen hatte. Schwer atmend kam er auf die Beine und hob erschöpft den Kopf.

»Um Himmels willen, Sie bluten ja!«

Die drei ??? – Klassiker als Graphic Novel

Im coolen Retro-Stil

128 Seiten, ca. €/D 18,-
ISBN 978-3-440-17248-3

128 Seiten, ca. €/D 18,-
ISBN 978-3-440-17091-5

Fesselnde Geschichte – dynamische Bilder

128 Seiten, €/D 18,-
ISBN 978-3-440-17249-0

Die beliebtesten Klassiker-Bände der Kultreihe jetzt ganz neu erleben: im Graphic Novel-Format mit atmosphärisch starken Bildern im Retro-Stil der 1960er-Jahre.

kosmos.de/die_drei_fragezeichen

Preisänderung vorbehalten

Erlebe spannende Abenteuer!

- ☐ und das Gespensterschloss
- ☐ und die flüsternde Mumie
- ☐ und der Fluch des Rubins
- ☐ und der gestohlene Sieg
- ☐ und die Zeitreisende
- ☐ Im Auge des Sturms
- ☐ Legende der Gaukler
- ☐ Höhenangst
- ☐ und das weiße Grab
- ☐ Tauchgang ins Ungewisse
- ☐ und der dunkle Wächter
- ☐ und das rätselhafte Erbe
- ☐ und der Mottenmann
- ☐ und die falschen Detektive
- ☐ Kelch des Schicksals
- ☐ Kreaturen der Nacht
- ☐ und die schweigende Grotte
- ☐ und der weiße Leopard
- ☐ und der Jadekönig
- ☐ Der Fluch der Medusa
- ☐ und die verlorene Zeit
- ☐ und der Geisterbunker
- ☐ Die Schwingen des Unheils
- ☐ Im Netz der Lügen
- ☐ und der Kristallschädel
- ☐ Im Wald der Gefahren
- ☐ Manuskript des Satans
- ☐ und die Teufelsklippe
- ☐ und die Gesetzlosen
- ☐ und der Knochenmann
- ☐ Die Yacht des Verrats
- ☐ Melodie der Rache
- ☐ und der Puppenmacher
- ☐ Die Spur der Toten
- ☐ Der Ruf der Krähen
- ☐ Drehbuch der Täuschung
- ☐ Der Tag der Toten
- ☐ Die Stadt aus Gold
- ☐ und der dreiäugige Schakal
- ☐ Die Nacht der Gewitter
- ☐ und das Fantasmofon
- ☐ und der lebende Tresor
- ☐ Im Bann des Barrakudas

kosmos.de/die-drei-fragezeichen